Jantien Belt

In de spotlights!

moon

Andere titels van Jantien Belt:

Ik word een ster!

Verscheurd

Naar de top!

© 2009 Jantien Belt en Moon, Amsterdam

Omslagontwerp en illustraties Samantha Loman

Zetwerk ZetSpiegel, Best

ISBN 978 90 488 0256 2

NUR 283

www.moonuitgevers.nl

Moon is een imprint van Dutch Media Uitgevers bv

FSC
Mix
Produktgroep uit goed beheerde
bossen, gecontroleerde bronnen
en gerecycled materiaal.

Cert no. SGS-COC-003091
www.fsc.org
© 1996 Forest Stewardship Council

Moon drukt haar boeken op papier met het FSC-keurmerk. Zo helpen wij oerbossen te behouden.

1

'Goede reis naar Londen, Melis!'

'Heel veel succes op je nieuwe school!'

'We gaan je missen!'

'Ik jullie ook,' antwoordde Melissa met een klein stemmetje, terwijl ze haar drie liefste vriendinnen Doris, Kelly en Laura nog eens een voor een aankeek vanuit het schuifraampje. Op hetzelfde moment zette de trein zich langzaam in beweging. 'Vanavond om acht uur op MSN, oké?' riep ze er snel achteraan.

'Doen we!' klonk het in koor vanaf het perron.

Melissa zwaaide zolang ze haar vriendinnen nog kon zien. Pas toen de trein een bocht maakte, trok ze haar hoofd terug door het raampje en liet ze zich met een diepe zucht tegenover haar vader op de bank neerploffen.

'Gaat het?' vroeg hij een beetje bezorgd, terwijl hij een hand op zijn dochters knie legde.

Melissa aarzelde even. 'Jawel,' verzuchtte ze toen. 'Ik vind het echt super dat ik nu naar een school ga waar ik bijna de hele dag mag zingen en dansen, en dan ook nog eens in Londen: de hipste stad van de wereld! Maar ik ben ook wel verdrietig, omdat ik mijn vriendinnen nu niet meer elke dag zal zien.'

'Tja,' antwoordde haar vader, 'het is ook niet niks om op je dertiende naar een internaat in Londen te verhuizen. Toch denk ik dat je er best snel zult wennen. Je spreekt goed Engels en je maakt daar in je nieuwe kamer vast nieuwe vrienden.'

'Ja, maar die kamer moet ik met iemand anders delen,' antwoordde Melissa, niet overtuigd. 'Misschien is het wel een heel stom kind.'

'Welnee,' antwoordde haar vader. 'Het is in ieder geval iemand die net als jij ook heel veel van zingen en dansen houdt. Anders zou ze zich nooit voor de Music & Dance Academy hebben aangemeld.'

'Nee, dat is waar,' zei Melissa. Er klonk ineens opluchting in haar stem door. 'Ander onderwerp. Hoe vind je het eigenlijk dat je weer in Nederland woont?'

'Hartstikke leuk. Mijn nieuwe baan bevalt me prima en verder vind ik het heel fijn dat ik er altijd voor jou kan zijn als je eens een weekend overkomt uit Londen.'

'Ja, dat vind ik ook super,' antwoordde Melissa. 'Heb je trouwens nog wat lekkers meegenomen? Ik heb zin in iets zoets.'

Melissa's vader boog zich voorover naar de reistas naast zijn voeten en toverde een verpakking tevoorschijn die Melissa bekend voorkwam.

'Hé, die ken ik nog van de vakantie!' zei ze verrast, terwijl ze haar hand alvast uitstak.

Terwijl Melissa haar karamelsnoepje langzaam op haar tong liet smelten, staarde ze door het raam naar buiten. Terwijl het ene na het andere weiland aan haar ogen voorbijgleed, kwamen de herinneringen aan de heerlijke kampeervakantie met haar vader op Terschelling als vanzelf weer boven. 's Ochtends de pony's verzorgen op de manege, 's middags met vriendinnen van de camping naar het strand en 's avonds barbecueën of pannenkoeken bakken voor de caravan...

'Ben je moe?' hoorde ze de stem van haar vader ineens ergens vanuit de verte vragen. 'Je zit de hele tijd te knikkebollen.'

Melissa schrok op. 'Valt wel mee,' mompelde ze terug.

'Zie ik je straks drie weken niet, ga je slapen!'

Haar vader had zijn laatste woorden nog maar nauwelijks uitgesproken, of Melissa sukkelde alweer weg. Het lichte geschommel van de treinwagon wiegde haar langzaam in slaap. Ineens zat ze niet meer in de trein, maar struinde ze weer samen met haar vader door de duinen van Terschelling, net als twee weken geleden.

2

Het leek wel alsof half Nederland van plan was die middag het vliegtuig te nemen.

'Zullen we deze keer maar direct doorlopen naar de vertrekhal?' vroeg Melissa's vader, terwijl ze even later dicht tegen elkaar aan gedrukt op een propvolle roltrap stonden. 'Aan al die drommen mensen te zien, moeten we waarschijnlijk nog wel even wachten voordat we langs de douane zijn.'

'We gaan toch nog wel taxfree shoppen?' vroeg Melissa. 'Please?'

'Tuurlijk schat, dat hoort erbij als je gaat vliegen!'

Drie kwartier later zat Melissa tegenover haar vader aan een tafeltje in een van de vele restaurants op Schiphol, twee tijdschriften, een armbandje en een nieuw geurtje rijker. Voor haar stond een bord met een grote pannenkoek met spek erop. 'Houden de Engelsen eigenlijk van lekker eten?' vroeg ze, terwijl ze een flinke hoeveelheid poedersuiker over haar pannenkoek strooide.

'Tja, het is maar wat je lekker noemt,' antwoordde haar vader. 'Ze eten veel aardappels en witte bonen in tomatensaus, geloof ik. Maar het ontbijt is prima: geroosterd brood met gebakken eieren, spek en worstjes. Je kunt er een hele dag op teren.'

Melissa trok een vies gezicht. 'Spek en worstjes eten als je nog maar net wakker bent: ik word al misselijk als ik eraan denk.'

'Wil je nog een toetje?' vroeg Melissa's vader toen Melissa haar pannenkoek op had.

'Nee, ik heb genoeg gehad.'

'Oké, dan haal ik nog even koffie.'

Terwijl haar vader in de rij ging staan voor het buffet, pakte Melissa een van haar tijdschriften en begon het door te bladeren.

'Hé!' zei ze even later verbaasd, terwijl ze naar een foto van zichzelf keek waarop ze stond te zingen met een microfoon in haar hand. '*Swingteens* – de succesvolle talentenjacht voor tieners op tv – wordt herhaald!' stond er in het begeleidende tekstje. 'Op de foto de winnares van vorig jaar: Melissa van Moorsel!'

Melissa voelde zich helemaal warm worden vanbinnen. Ze was best wel trots dat ze zichzelf nu nog steeds af en toe tegenkwam in allerlei bladen. *Swingteens* was al weer ruim een halfjaar geleden.

'Papa, kijk!' zei ze even later tegen haar vader, toen hij weer terug was. 'Een nieuwtje over *Swingteens* met een foto van mij erbij.'

'Meid, als je die wedstrijd destijds niet had gewonnen, was je waarschijnlijk nooit op dat internaat in Londen terechtgekomen!' merkte Melissa's vader glimlachend op. Hij keek er heel trots bij toen hij dat zei.

Melissa herinnerde zich weer precies hoe het allemaal was gelopen. Nadat de finale van *Swingteens* op tv was geweest, had de zanger van de band Adventure haar gevraagd of ze hun nieuwe zangeres wilde worden. Melissa was meteen helemaal weg van hem geweest en daarom had ze gelijk ja gezegd.

Enkele weken later deed Adventure mee aan een wedstrijd voor bandjes, waarvoor ze 's middags moesten voorrepeteren in een zalencentrum in de stad. Dat was echt hartstikke goed gegaan – vooral dankzij Melissa – en dat had een talentscout van een Londens internaat gezien. Na afloop had hij Melissa in de gang aangesproken en haar zijn kaartje gegeven. Daarna had haar agent de talentscout gebeld voor meer informatie en zo had ze al na een paar dagen een uitnodiging gekregen om auditie te komen doen op de Music & Dance Academy, oftewel de MDA, in Londen.

De concurrentie was behoorlijk groot. De kandidaten kwamen uit allerlei verschillende landen: Frankrijk, Zwitserland, België... Er was zelfs iemand bij uit Saudi-Arabië!

Toch was Melissa als een van de besten uit de bus gekomen, zo had de directrice van de MDA haar agent later verteld.

Terwijl Melissa nog een tijdje dromerig voor zich uit staarde, pakte haar vader haar hand en drukte die tegen zijn wang. 'Ik hoop echt dat je het fantastisch gaat doen op je nieuwe school, lieve Melissa,' zei hij toen. 'Zelf droomde ik er vroeger van om later een beroemde musicus te worden, maar dat is niet gelukt. Je opa en oma vonden het maar niets, omdat ze dachten dat ik dan niet genoeg geld zou kunnen verdienen om van te leven. Vandaar dat ik geen muziekopleiding van hen mocht doen na de middelbare school. Als het jou wel gaat lukken om een ster te worden, ben ik echt hartstikke trots op je!'

Melissa kreeg bijna tranen in haar ogen toen ze haar vader zo hoorde praten. 'Ik beloof je dat ik heel goed mijn best ga doen op de MDA, papa,' zei ze.

3

'Jammer dat het maar een uurtje vliegen is naar Londen,' zei Melissa toen ze eenmaal goed en wel in het vliegtuig zaten.

'Hoezo?' vroeg haar vader naast haar verbaasd. 'Het is toch juist fijn dat je niet zo lang hoeft te reizen? Nu kun je heel gemakkelijk eens een weekend thuiskomen.'

'Op zo'n korte vlucht krijg je geen warme maaltijd en dat vind ik nou juist altijd zo leuk, omdat er van alles bij zit: een broodje, een toetje, een opfrisdoekje en nog veel meer.'

'Tjonge, waar zou je dat allemaal moeten laten? Je hebt net een hele spekpannenkoek op!'

Melissa haalde haar schouders op en reageerde verder niet.

In het gangpad begon de purser uitleg te geven over wat je moest doen als het vliegtuig een noodlanding zou moeten maken. Er kwamen stewardessen langs om snoepjes uit te delen en te checken of iedereen zijn rugleuning omhoog had gedaan en zijn veiligheidsriem had vastgemaakt. Toen ze alle passagiers langs waren geweest, gingen ze tegenover elkaar op een klapstoeltje naast de nooduitgang zitten. Meteen daarna begon het vliegtuig vaart te maken. Nog heel even was het geluid van de banden op het asfalt hoorbaar, totdat de neus van het vliegtuig langzaam omhoogging. Het opstijgen was begonnen.

Melissa haalde snel het snoepje dat ze zojuist had gekregen uit het papiertje, stopte het in haar mond en begon er stevig op te zuigen. Zo kon ze voorkomen dat haar oren heel erg pijn gingen doen. 'Hè hè!' zei ze toen het vliegtuig eenmaal op de juiste hoogte was. 'Vliegen is leuk, maar opstijgen niet. Ik word er altijd een beetje draaierig van.' Ze boog zich naar het raampje links van haar om naar buiten te kijken. Maar al snel zat ze weer gewoon recht in haar stoel. 'Jammer dat er zoveel wolken zijn,' zei ze teleurgesteld. 'Nu kan ik niet zien waar we overheen vliegen.'

'Nou, dan heb ik wel iets anders voor je om naar te kijken,' zei Melissa's vader. 'Dat vind je denk ik ook heel leuk.' Hij stond op, opende de bagageruimte boven zijn stoel en haalde er een grote envelop uit. Daarna ging hij weer zitten en gaf hem aan Melissa. 'Maak maar open!' zei hij vrolijk.

Nieuwsgierig bekeek Melissa de voorkant. 'Makelaardij Kromhout & Partners,' las ze hardop voor. Met grote ogen keek ze haar vader aan. 'Heb je een appartement voor ons gekocht?'

'Kijk maar verder!'

'Wow, wat gaaf…' verzuchtte Melissa even later, terwijl ze de bladen van de glanzende brochure op het uitklaptafeltje voor haar langzaam een voor een omsloeg. 'We gaan aan een gracht wonen… vlak bij de middelbare school waar Doris en Laura straks naartoe gaan en midden tussen de leuke winkels! Wanneer krijg je de sleutel?'

'Over twee weken. Daarna neem ik een aantal dagen vrij om de verhuizing te regelen.'

'Wow, dus als ik over drie weken mijn verlofweekend heb, kan ik meteen in mijn nieuwe kamer slapen?'

'Precies! En wat vind je van het appartement zelf?'

'Su-per-mooi,' antwoordde Melissa, helemaal onder de indruk. 'Echt vet gaaf!'

'De badkamer is van marmer en in de woonkamer zit een open haard,' zei haar vader. 'Die gaf voor mij de doorslag om het appartement te kopen. Ik zie het helemaal voor me: in de winter samen gezellig bij het knapperend haardvuur zitten met een beker warme chocolademelk. En verder hebben we nog een dakterras, een ruime woonkeuken waarin we wel met tien mensen tegelijk kunnen eten en een balkon met openslaande deuren aan de voorkant.'

'Zeker weten dat mijn vriendinnen hier heel graag op bezoek willen komen,' zei Melissa. 'Welke slaapkamer is trouwens voor mij?'

'Die aan de voorkant, met een Frans balkon. Daarvandaan kun je de hele gracht overzien.'

'Wow! Dan kan ik mijn vriendinnen altijd goed zien aankomen.'

'Of je vriendje…'

'Pap…'

Melissa's vader begon te lachen. 'Oké, ik zeg al niets meer,' zei hij.

Op de monitor boven het gangpad was te zien dat hun vliegtuig al bijna boven Londen vloog. 'Doe de brochure maar weer terug in de envelop,' zei hij toen. 'Over een kleine tien minuten gaan we al landen. Je Londense avontuur gaat beginnen, Melis!'

Maar Melissa reageerde niet op wat haar vader zei. Ze dacht aan haar moeder, die drie jaar geleden overleden was. Het idee dat zij het nieuwe appartement nooit te zien zou krijgen, maakte haar ineens heel verdrietig. Voor ze er erg in had, druppelden er tranen over haar wangen.

'Wat is er nou ineens?' hoorde ze haar vader verschrikt vragen. 'Zie je het niet meer zitten om naar Londen te gaan?'

'Jawel,' antwoordde Melissa met een dun stemmetje. 'Maar ik moest plotseling aan mama denken. Het is net alsof we haar in ons oude huis achterlaten. Ik mis haar nog steeds heel erg.'

Haar vader trok haar tegen zich aan. 'Dat begrijp ik, lieverd,' zei hij troostend. 'Het is heel moeilijk om geen moeder meer te hebben als je nog maar zo jong bent als jij. Ik zal een mooie foto van mama laten inlijsten en die hangen we dan boven je bed in je nieuwe kamer, oké? Dan woont ze toch nog een beetje bij ons.'

'Dat is lief,' snifte Melissa. Ze trok haar handtas naar zich toe en pakte er een papieren zakdoekje uit. 'Pap, denk je dat je ooit nog eens opnieuw zult trouwen?'

'Lieverd, misschien komt er nog wel eens iemand op wie ik verliefd word, maar daar hoef jij je niet druk over te maken.'

'Hopelijk duurt dat nog heel lang. Ik moet er niet aan denken dat er een andere vrouw bij ons in het nieuwe appartement zou komen wonen. Dat zou ik echt heel erg vinden.'

'Dat onderwerp is nog lang niet aan de orde. Je nieuwe school is op dit moment veel belangrijker!'

4

Laten we deze keer maar niet met de metro naar de MDA gaan,' zei Melissa's vader toen ze vanuit de slurf uit het vliegtuig een brede gang in liepen. 'Zoveel tijd hebben we niet meer voordat het introductieprogramma begint.'

Zo'n twintig minuten later zat Melissa prinsheerlijk naast haar vader op de achterbank van een glimmende zwarte taxi. Gelukkig hadden ze niet lang hoeven wachten op hun bagage. 'Wat zien de taxi's in Londen er toch leuk uit,' zei ze. 'Het lijkt wel alsof ze uit een museum komen. Heel anders dan die in Nederland.'

'Klopt,' antwoordde haar vader, 'en wat de taxichauffeurs betreft: die zijn ook heel anders dan bij ons. Ze zijn superbeleefd en kennen de plattegrond van de hele stad uit hun hoofd. Als je bedenkt dat Londen bijna tien keer zoveel inwoners heeft als Amsterdam, is het niet moeilijk je voor te stellen dat ze daar echt máánden op hebben moeten studeren!'

Tien keer zoveel inwoners als Amsterdam, peinsde Melissa. Jeetje, hoe moet ik ooit de weg vinden in zo'n gigantische stad? 'Als ik dan maar niet verdwaal als ik een keertje ga winkelen.'

'Dat zal wel meevallen, denk ik. De MDA staat midden in het centrum van de stad, vlak bij een metrostation. Morgenochtend ben je toch vrij? Misschien kun je de omgeving dan alvast verkennen met je nieuwe kamergenootje. Dan leren jullie elkaar meteen ook een beetje kennen.'

Naarmate de taxirit langer duurde, werd de bebouwing langs de wegen die ze passeerden steeds dichter. 'Zijn we er al bijna?' vroeg Melissa toen ze al een halfuur onderweg waren. 'Het komt me hier zo bekend voor. Volgens mij hebben we hier op de dag van de auditie in de pauze gewandeld.' Haar handen begonnen van het ene op het andere moment te zweten. Stel je voor dat de MDA haar ontzettend zou tegenvallen? Misschien waren de leerlingen helemaal niet aardig voor elkaar, omdat ze allemaal altijd de beste wilden zijn. Zo was het bij de verschillende audities die ze het afgelopen halfjaar voor reclamespotjes had gedaan ook vaak geweest. Zou ze wel genoeg talent hebben? En zou ze haar vriendinnen niet te veel missen?

'Hoeveel krijgt u van mij?' hoorde ze haar vader plotseling in het Engels aan de taxichauffeur vragen.

We zijn er, dacht Melissa. Nu maar even niet meer piekeren; wie weet valt het mee. De vorige keer dat ze hier was, was de directrice in elk geval aardig en de leraren bij wie ze auditie moest doen ook. En dan was er natuurlijk nog dat leuke Belgische meisje dat na haar auditie deed, Lieve. Zou zij ook zijn aangenomen?

'Hebben we alles?' vroeg Melissa's vader toen ze eenmaal op de stoep voor de MDA stonden met allemaal bagage aan hun voeten. 'Volgens mij wel,' antwoordde Melissa, om zich heen kijkend. 'En anders hebben we pech: onze taxi rijdt nu net de straat uit!'

Met knikkende knieën liep Melissa even later de hoge stenen trap van de MDA op. Nadat haar vader had aangebeld, klonk er een kort zoemgeluid, waarna de zware eikenhouten deur langzaam openzwaaide. In de hal was een kleine receptie waarachter een jonge vrouw zat, die hen vriendelijk aankeek. 'Kan ik jullie helpen?' vroeg ze in het Engels.

'Vandaag is het mijn eerste schooldag hier,' antwoordde Melissa zo zelfverzekerd mogelijk. 'Om halfdrie begint mijn introductieprogramma.' Pff, haar eerste Engelse zinnen waren eruit. Gelukkig ging het haar nog net zo gemakkelijk af als een aantal jaren geleden op de internationale school in Washington, waar haar vader en moeder toen allebei bij de Nederlandse ambassade werkten.

'Aha, welkom!' zei de receptioniste. 'Ik zal even iemand bellen die jullie naar de aula zal brengen. Je bagage kun je trouwens laten staan. Die wordt zo meteen bij je kamer afgeleverd door de conciërge.'

'Spannend, hè?' fluisterde Melissa tegen haar vader, nadat ze even op een bankje waren gaan zitten. 'Ik ben zo benieuwd wie er allemaal in mijn klas zitten. Denk je dat ik wel weer nieuwe vriendinnen krijg?'

'Tuurlijk! Zo'n leuke meid als jij – wie wil daar nu niet bevriend mee zijn?'

Gerustgesteld keek Melissa de hal rond. Aan de muren hingen allerlei portretfoto's van oud-leerlingen. Langzaam liet ze haar blik erlangs glijden. Hé, was die jonge vrouw met die grote rode pruik niet die Engelse musicalster over wie ze in de vakantie een documentaire had gezien op tv? Melissa had er ademloos naar gekeken. Het levensverhaal van de zangeres had enkele opvallende overeenkomsten vertoond met dat van haar: net als Melissa had ze haar moeder al op jonge leeftijd verloren en haar zangcarrière was ook begonnen met een talentenjacht op televisie. Hoe heette ze nou ook weer? Was het niet… Nancy… nog wat? Melissa sprong op en ging recht voor de foto staan om hem beter te kunnen bekijken. NANCY LAFONTAINE, stond er op een bordje rechts van de lijst. Yes, ze was het, dat kon niet anders! Zou ze soms ook op de MDA hebben gezeten?

'Ken je Nancy Lafontaine?' onderbrak de receptioniste Melissa's gedachten.

'Jazeker! Een paar weken geleden zag ik haar in Nederland op tv. Ze zingt echt prachtig. Ik had nog nooit eerder van haar gehoord!'

'Dat is niet zo vreemd, hoor. Ze is een ster hier in Londen en ze heeft hier ook op school gezeten. Wist je dat ze dit schooljaar gastlessen komt geven op de MDA? Dat is gisteren bekend geworden. We zijn er heel trots op.'

Met ogen zo groot als schoteltjes staarde Melissa terug. 'Wow,' stamelde ze, 'dan zou ik haar hier dus zomaar een keer kunnen tegenkomen…'

'Nou, wie weet mag jij ook wel lessen bij haar volgen,' zei de receptioniste glimlachend. 'Doe maar goed je best, want alleen de allerbeste leerlingen komen daarvoor in aanmerking.'

In de deuropening naar de gang was inmiddels een meisje van een jaar of zestien verschenen.

'Hallo, ik ben Cindy McDowell en ik ben dit jaar de coach van Melissa,' stelde ze zich voor. 'Dat houdt in dat ze mij altijd allerlei dingen over school kan vragen die ze zelf niet weet. Ik eh… kom haar ophalen voor het introductieprogramma.'

'Nou, dat is hartstikke leuk!' zei Melissa's vader glimlachend. 'Het was toch de bedoeling dat de ouders van de nieuwe leerlingen er het eerste deel van de middag ook bij mochten zijn?'

'Ja, natuurlijk! Neemt u mij niet kwalijk,' verontschuldigde Cindy zich meteen. Ze liep een paar stappen naar voren en gaf eerst Melissa's vader en daarna Melissa een hand. 'Laten we maar snel gaan,' zei ze toen. 'Jullie zijn de laatsten.'

5

De aftrap van het introductieprogramma vond plaats in de aula. De op zich best wel grote ruimte was afgeladen met zo'n kleine honderd eerstejaars, ouders, mentoren en leraren. Gelukkig waren er nog drie lege stoelen naast elkaar op de achterste rij.

Terwijl de directrice zich op het podium installeerde voor haar welkomstpraatje, liet Melissa haar ogen door de zaal dwalen. De muren waren in frisse kleuren geschilderd en door de grote hoge ramen viel veel licht naar binnen. Net als in de hal hingen ook hier weer een heleboel foto's, alleen niet van beroemdheden, maar van de leerlingen zelf: uitvoeringen, feestjes, dagjes uit. Melissa werd er helemaal vrolijk van.

'Hartelijk welkom allemaal op de Music & Dance Academy!' klonk de stem van de directrice plotseling vanuit de luidsprekers. Melissa ging snel rechtop zitten om goed te kunnen verstaan wat er allemaal zou worden gezegd. Ze wilde haar eerste dag op haar nieuwe school meteen goed beginnen.

De directrice begon te vertellen hoe lang de MDA al bestond, welke beroemdheden erop hadden gezeten en wat er in de loop der jaren aan de school was verbouwd. Daarna stelde ze alle docenten voor en vertelde ze wat voor vakken ze gaven. Van een aantal herkende Melissa de gezichten van de website of van de auditie aan het begin van de zomer. Leuk om zoveel verschillende leraren te hebben, dacht ze. Als er eens eentje bij zit die niet zo aardig is, dan maakt dat eigenlijk niet uit. Voor je het weet is het lesuur van zo iemand voorbij en staat er al weer een ander voor de klas.

Plotseling werd Melissa's aandacht getrokken door het zwarte kroeshaar van een meisje enkele rijen voor haar. Was dat niet Lieve? Van achteren gezien leek ze er sprekend op… Melissa reikhalsde om beter te kunnen kijken. Op hetzelfde moment draaide het meisje haar hoofd naar rechts om iets tegen de vrouw naast haar te zeggen. Yes, ze was het! Geen twijfel mogelijk. Melissa's hart maakte een sprongetje van geluk. Er was tenminste één iemand met wie ze Nederlands kon spreken!

'Let je wel op wat er nu allemaal wordt gezegd?' hoorde ze haar vader ineens naast zich fluisteren. 'Ik zie iedereen aantekeningen maken, behalve jou.'

Verschrikt schoot Melissa weer terug in haar oude houding. Snel sloeg ze haar agenda open, die op haar schoot lag, en pende nog net de laatste opmerking van de directrice neer. Meteen daarna stond iedereen op en begon in de richting van de uitgang te schuifelen. 'Wat gaat er nu gebeuren?' vroeg Melissa met een schuldbewust gezicht aan haar vader.

'Dat is net allemaal uitgelegd, meisje. Heb je weer eens zitten dagdromen?'

'Een beetje,' antwoordde Melissa. 'Volgens mij zag ik daarnet een heel aardig meisje, dat ik van de auditie ken. Ze komt uit België en ze spreekt Vlaams.'

'Nou, het zou heel leuk voor je zijn als ze het inderdaad is. Dan verleer je je Nederlands tenminste niet. Maar er is dus net verteld dat het de bedoeling is dat je coach je een rondleiding geeft door het gebouw. Aan het eind daarvan brengt ze je naar je kamer en daar maak je dan kennis met je kamergenootje.'

'Ga jij niet mee?'

'Je hebt echt niet opgelet, hè? De ouders gaan nu naar de kantine voor een drankje. Als jullie klaar zijn met de rondleiding, krijgen we nog een warme maaltijd en dan vertrek ik weer naar het vliegveld.'

'Je komt toch nog wel even naar mijn kamer kijken?'

'Tuurlijk. Ik wil wel weten waar jij de komende tijd studeert en slaapt.'

'Ga je mee?' vroeg Cindy aan Melissa, nadat de leraren en alle ouders met aanhang waren vertrokken. 'Dan beginnen we met de rondleiding.'

'Oké. In welk jaar zit jij eigenlijk?'

'In het vierde. Hierna moet ik dus nog één jaar.'

'Aha. En welke richting heb je in het tweede jaar gekozen?'

'Zang, klassiek. Ik wil later graag operazangeres worden.'

'Operazangeres… Is dat niet ontzettend saai?' Melissa's vraag was eruit voordat ze er zelf erg in had. Gelukkig reageerde Cindy positief.

'Dat denken heel veel mensen,' zei ze glimlachend. 'Maar het is eerder andersom, omdat je niet alleen moet zingen, maar ook acteren. Bovendien doen er altijd een heleboel mensen aan mee: een koor, een orkest, figuranten, technici, een regisseur, en ga zo maar door.'

'Hmm, het klinkt inderdaad best cool!'

'Nou, misschien is het ook wel iets voor jou.'

'Nee, ik ga voor musical kiezen,' antwoordde Melissa beslist. 'Dat is echt mijn droom. Het lijkt me helemaal super om elke avond in een prachtig kostuum op het toneel te staan en allerlei liedjes te zingen. Soms zijn ze heel vrolijk en dan weer heel verdrietig of heel gevoelig; dat vind ik er zo mooi aan.'

'Ik begrijp het. Wat ik met opera heb, heb jij met musical. Eigenlijk zijn ze hetzelfde, alleen is de een klassiek en de ander modern.'

'Waar gaan we het eerst naartoe?' vroeg Melissa toen ze bijna aan het eind van een lange gang waren.

'Naar de studiezaal,' antwoordde Cindy. 'Daar moet je je

huiswerk voor je gewone vakken doen: wiskunde, aard-
rijkskunde, geschiedenis en zo. Voor zangoefeningen zijn
er speciale kamertjes, die geen geluid doorlaten. Die noe-
men we hier zangstudio's. Als we de studiezaal hebben gehad, laat ik je er eentje zien.'

De studiezaal zag er precies zo uit als op de foto's op de
website van de MDA. Ook hier was het weer lekker licht en
ruim, net als in de aula, al hingen er geen foto's of schil-
derijen aan de wanden. In plaats daarvan stonden er lange
rijen boekenkasten en vitrines met allerlei bekers en me-
dailles erin.

'Hé, jij bent toch Melissa?' hoorde Melissa plotseling een
meisjesstem achter zich in een zangerig soort Nederlands
vragen. Verrast draaide ze zich om.

'Lieve!' riep ze blij. 'Ik zag je al in de aula. Je zat een paar
rijen voor me. Jij bent hier dus ook aangenomen, wat leuk!'

'Ja, ik heb eerst nog een tijdje op de reservelijst gestaan,
maar daarna mocht ik gelukkig toch nog komen. Ik hoop
maar dat we bij elkaar op de kamer zijn ingedeeld, dan kunnen we lekker in onze eigen taal met elkaar praten. Volgens
mij zijn er geen andere eerstejaars uit Nederland en België.'

'Misschien worden we daarom juist niét bij elkaar gezet.'

'Ja, dat zit er dik in. Ze willen natuurlijk dat we snel goed
Engels leren spreken.'

'Zullen we weer verdergaan?' kwam Cindy ertussen. 'Anders zijn we straks nog te laat bij de warme maaltijd.'

'Doen we,' antwoordde Melissa. Ze stak haar hand op naar Lieve. 'High five!'

'High five!'

Oké, nu heb je het schoolgedeelte van de MDA wel zo'n beetje gezien,' zei Cindy, nadat ze in de klaslokalen, de oefenkamertjes en de gymzaal waren geweest. 'Heb je nog vragen voordat we naar het internaatgedeelte gaan?'

'Eh… ja,' antwoordde Melissa. 'Kun je nog iets over de docenten vertellen? Wie is het populairst?'

'Mevrouw Davenport. Die geeft Engelse literatuur. Ze maakt heel vaak grapjes en doet nooit echt moeilijk als je geen huiswerk hebt gemaakt.'

'En wie vindt iedereen stom?'

'Dat is mevrouw Murdoch. Ze geeft het vak solvège.'

'Solvège… wat is dat?' vroeg Melissa.

'Dan krijg je een blad met muzieknoten voor je neus en die moet je dan voorzingen. Dat is heel moeilijk, omdat de tonen ver uit elkaar liggen: je springt de hele tijd van laag naar hoog en andersom. Bovendien zit de hele klas naar je te luisteren. Als je ook maar één klein foutje maakt, heeft mevrouw Murdoch meteen commentaar.'

De bel ging. 'Kom, we moeten opschieten. Ik laat je eerst de algemene ruimtes met de douches en zo zien, en daarna breng ik je naar je kamer.'

6

Hier zijn je sleutels,' zei Cindy tegen Melissa toen ze aan het einde van de rondleiding een gang insloegen. 'De grote is van je voordeur en de kleine is van je kast. Pas er goed op, want als je ze kwijtraakt, doet de conciërge heel moeilijk.'

'Oké, dank je wel,' zei Melissa. 'Ik zie trouwens al waar mijn kamer is. Die grote roze koffer daar aan het eind van de gang is van mij!'

'Nou, dan neem ik hier maar afscheid van je,' zei Cindy, 'want over je kamer ga ik je niets vertellen. Die moet je zelf maar op je gemak verkennen. Je wordt om zes uur in de kantine verwacht voor de warme maaltijd.'

'Dat is goed,' antwoordde Melissa. 'Bedankt voor de rondleiding. Nu hoef ik hier niet te verdwalen.'

Toen Melissa bij haar kamer aankwam, zag ze een blauwe koffer naast de hare staan. Haar kamergenootje was kennelijk nog niet gearriveerd. Nieuwsgierig bestudeerde ze het label, dat met een elastiekje aan het handvat was vastgemaakt. 'Yes!' riep ze enthousiast toen ze de naam las waar ze op had gehoopt. Ze kon niet wachten tot Lieve zou zien dat ze toch samen een kamer zouden delen. Van blijdschap maakte ze een rondedansje om de koffer heen en stak daarna met trillende vingers de sleutel in het slot van haar kamerdeur. Hoe zou het daarachter eruitzien?

Nog geen vijf seconden later stapte Melissa met open mond over de drempel. De kamer zag er in het echt nog tien keer mooier uit dan op de foto's op de website. Door de grote ramen aan de voorkant vielen brede banen zonlicht de kamer binnen.

Het zitgedeelte was gezellig ingericht met twee rode bankjes, een stapel kleurige kussens en een laag tafeltje met een tv'tje er op. Het slaapgedeelte bestond uit twee knusse, halfopen slaapkamertjes, die elk met een gordijn konden worden afgesloten.

Plotseling klonk er gestommel en luid indianengekrijs op de gang, waarna Lieve de kamer binnenstormde. 'Melissa, we zijn kamergenoten, jippie!' riep ze opgetogen. 'Ik hoorde het net van de conciërge.'

'Ja, ik wist het al. Ik had je naam op je koffer zien staan,' antwoordde Melissa met een blij gezicht. 'Ik vind het ook super!'

'Volgens de conciërge zijn we juist bij elkaar gezet omdat we allebei Nederlands praten. Grappig, we hadden het precies andersom verwacht!'

Na Melissa was het de beurt aan Lieve om zich te verbazen over hun kamer. 'We moeten nog wel wat aan de muren hangen,' zei ze, toen ze uitgekeken was, 'anders zijn ze zo kaal.'

'Goed plan,' zei Melissa. Ze liep naar de gang, droeg haar koffer naar binnen en legde hem op een van de bankjes. Daarna ritste ze hem open en pakte er een kartonnen koker uit. 'Kijk eens wat ik hier heb? Een poster van Beyoncé!' riep ze, terwijl ze de koker enthousiast boven haar hoofd heen en weer zwaaide. 'Zij is de beste zangeres die ik ken.'

'Ze is echt vet gaaf. De gaafste!' antwoordde Lieve. 'Ik heb trouwens ook iets meegenomen voor aan de muur.' Ze liep naar de gang en kwam even later terug met drie ingelijste foto's, die ze naast elkaar op de vloer legde. 'Dit zijn mijn vriendinnen uit België,' zei ze, wijzend op de linkerfoto. 'Ze heten Margot en Véronique, en ze zijn heel aardig.' Daarna pakte ze de middelste foto, gaf er een kus op en legde hem weer terug. 'En dit zijn mijn twee katten,' zei ze toen. 'Ik ben heel dol op ze.'

'Leuk, ik heb twee honden,' merkte Melissa op. 'Jammer genoeg wonen ze in een hondenpleeggezin, omdat mijn vader een heel drukke baan heeft en ik nu in het buitenland woon.' Ze bukte zich om de laatste foto beter te kunnen bekijken. 'Het lijkt wel alsof deze in Afrika is genomen,' merkte ze op. 'Er staan allemaal donkere kinderen op.'

'Dat heb je goed gezien,' antwoordde Lieve. 'Dit is het

kindertehuis in Congo waar ik als baby heb gewoond. Ik ben daar als vondeling op de stoep gelegd.'

'Jeetje, hoe ben je dan in België terechtgekomen?'

'Ik ben geadopteerd toen ik twee jaar was.'

'Maar hoe kan het dan dat je Lieve heet? Dat is toch geen Afrikaanse naam?'

Lieve grinnikte even voordat ze antwoord gaf op Melissa's vraag. 'Toen mijn adoptieouders me kwamen ophalen, lukte het hun maar steeds niet om mijn echte naam goed uit te spreken. Daarom gaven ze me ook maar een Belgische naam. Dat werd "Lieve", omdat ik er zo lief uitzag.'

'Zijn je ouders nu ook hier?' vroeg Melissa.

'Alleen mijn moeder,' antwoordde Lieve. 'Zullen we anders alvast naar de kantine gaan? Dan stel ik je even aan haar voor.'

'Ja, cool! Dan kun jij ook zien wie mijn vader is.'

7

Tegen negenen die avond waren Melissa en Lieve weer terug op hun kamer. Nu papa weg is, ben ik echt alleen, dacht Melissa. Maar gelukkig is Lieve er!

'Pff, ik ben echt doodmoe,' zei Lieve, terwijl ze zich op een bed liet neervallen. 'Zullen we meteen maar gaan slapen?'

'Goed idee,' antwoordde Melissa. 'Ik kan ook niet meer. Er is zoveel gebeurd vandaag. Morgen pak ik mijn koffer wel uit. We hebben toch de hele ochtend vrij.'

'Ik hoop maar dat ik vannacht niet naar de wc hoef,' zei Lieve tegen Melissa toen ze even later samen op weg waren naar de badkamer, die een eindje verder in de gang was. 'Het is best eng om helemaal alleen door deze lange gang te lopen als iedereen ligt te slapen.'

'Laten we anders afspreken dat we elkaar wakker maken als een van ons eruit moet,' antwoordde Melissa. 'Dan gaan we samen.'

'Fijn,' reageerde Lieve opgelucht. 'Ik vind het echt heel prettig om hier nu al een vriendin te hebben.' Ze was nog niet uitgesproken, of Melissa bleef plotseling stokstijf staan. Met grote verschrikte ogen staarde ze voor zich uit.

'Wat is er?' vroeg Lieve ongerust. 'Heb ik iets verkeerds gezegd?'

'Nee... nee... juist niet!' stamelde Melissa. 'Dat vind ik ook, maar toen je het over vriendinnen had, wist ik ineens weer wat ik vanochtend met mijn vriendinnen in Nederland had afgesproken. We zouden allemaal om acht uur vanavond op MSN komen en dan zou ik hun alles over mijn eerste dag op de MDA vertellen. Nu is het te laat, ze liggen vast al in bed. In Nederland is het een uur later dan hier...'

'Waarom kijk je niet even? Misschien zijn ze toch nog wel online. Ik zit ook heel vaak 's avonds laat nog stiekem in bed te computeren.'

'Goed plan. Wie het eerst klaar is met tandenpoetsen, oké?'

Nog geen tien minuten later had Melissa zich in haar bed geïnstalleerd met haar laptop op de schoot. Gelukkig had ze draadloos internet, zodat ze na het opstarten met-een op MSN kon inloggen.

Yes, Kelly was nog online!

Melissa <3 Londen zegt:

Heey lieverd ☺, ben je er nog?

Kelly ☺ I'm hot, you're not! zegt:

Ja, waar was je om acht uur?

Melissa <3 Londen zegt:

Toen zat ik nog te eten. Ik was onze afspraak vergeten, sorry!!!

Kelly ☺ I'm hot, you're not! zegt:

Jammer, Doris en Laura zijn al gaan slapen. Geeft niet. Maar vertel: hoe is Londen? Heb je al geshopt?

Melissa <3 Londen zegt:

Nee, doe ik morgen met mijn roomie. Ze heet Lieve en ze komt uit België. Best wel chill, want ik kan nu gewoon Nederlands praten.

Kelly ☺ I'm hot, you're not! zegt:

Oké, beter! Is het een leuk meisje?

Melissa <3 Londen zegt:

Ik ken haar nog niet zo goed, maar ze is aardig. ☺

Kelly ☺ I'm hot, you're not! zegt:

O, oké, super! Ben blij voor je. Maar je mag mij natuurlijk niet vergeten!! Wat heb je vandaag gedaan?

Melissa <3 Londen zegt:

Heel veel. Eerst natuurlijk de reis en toen een rondleiding en zo op de MDA. Ik heb trouwens een coach. Ze zit in het vierde jaar en ze wil operazangeres worden!!

Kelly ☺ I'm hot, you're not! zegt:

Nee! Operazangeres, boring! ☹☹ Wie wil dat nou worden?
Dan spoor je echt niet.

Melissa <3 Londen zegt:

Dat dacht ik eerst ook, maar het is best leuk. Het heeft
iets weg van musical.

Kelly ☺ I'm hot, you're not! zegt:

Oké, nou dat moet je me dan nog maar een keertje
uitleggen. Hoe is je kamer?

Melissa <3 Londen zegt:

Heel mooi!! ☺☺☺ Ik mail je wel wat foto's.

Kelly ☺ I'm hot, you're not! zegt:

Super, ik kom een keer langs. En de jongens? Hoe zijn die?

Melissa <3 Londen zegt:

Heb ik nog niet op gelet! Hoe gaat het trouwens met jou?

Kelly ☺ I'm hot, you're not! zegt:

Heb je niet op gelet? Ben ik niet gewend van jou, Mel! We
waren met de hele oude klas naar het zwembad. Iedereen
miste jou.

Melissa <3 Londen zegt:

Ik jullie ook! Over drie weken kom ik weer een weekend
naar Nederland. Ik ga by the way verhuizen!!!

Kelly ☺ I'm hot, you're not! zegt:

Waaaat?! Waarheen? Toch wel bij ons in het dorp?

Melissa <3 Londen zegt:

Nee, we gaan naar een supermooi appartement midden
in de stad. Over een paar weken is de verhuizing al.

Kelly ☺ I'm hot, you're not! zegt:

Cool! Ik ga nu slapen. Ik wil de volgende keer dat ik je spreek alles horen!!

Melissa <3 Londen zegt:

Is goed. Geef Door en Lau een dikke kus. Mis jullie allemaal heel erg!!

Kelly ☺ I'm hot, you're not! zegt:

Wij jou ook. Slaap lekker alvast. Kus xxx.

8

Die nacht lag Melissa nog uren te piekeren voor ze in slaap viel. Had ze er nou wel goed aan gedaan om helemaal naar een school in Londen te gaan, waar ze niemand kende? Zou ze hier ooit wel weer zo'n leuke vriendinnenclub krijgen als in Nederland? Was haar nieuwe kamer eigenlijk wel zo gezellig? Hoe meer vragen Melissa zichzelf begon te stellen, hoe ongelukkiger ze zich begon te voelen. Alles was nog zo nieuw hier. Ze miste haar vader, haar vriendinnen en haar oude kamer met de herinneringen aan haar moeder…

Tegen een uur of halftien in de ochtend werd ze wakker. Waar ben ik, vroeg ze zich af, terwijl ze half versuft om zich heen keek. O ja… in Londen, op de nieuwe school. Vanmiddag begint het tweede gedeelte van het introductieprogramma. Het was nog geheim wat ze gingen doen.

Melissa rekte zich eens goed uit en sloeg haar benen toen

over de rand van het bed. Doris, Laura en Kelly moesten vandaag alle drie hun rooster ophalen op hun nieuwe school in de stad. Misschien zaten ze nu wel gezellig kwebbelend met elkaar in de bus...

Een beetje somber stapte Melissa even later aangekleed en wel achter het gordijn vandaan de kamer in. Op een van de rode bankjes zat Lieve, met allemaal eten om haar heen.

Ontbijt je hier?' vroeg Melissa verbaasd. 'Daar is de kantine toch voor?'

'Nee, die is maar tot negen uur open. Dat las ik net in het informatieboekje. Gelukkig heb ik nog wat eten over van de reis. Wil je een krentenbol?'

'Ja, lekker! Ik heb nog een paar blikjes cola, dan kunnen we die erbij drinken.' Melissa ritste haar koffer open, die nog op het andere rode bankje lag, en haalde de blikjes eruit. Fijn dat ze zo'n aardig kamergenootje had, anders had ze nu misschien wel met haar vader aan de telefoon gehangen om te vragen of ze als-je-blieft terug mocht naar Nederland.

'Heb je goed geslapen?' vroeg ze aan Lieve toen ze eenmaal zat.

'Eh… ja, best wel,' klonk het weifelend. 'En jij?'

'Ook goed.'

'Heb je geen last van heimwee?'

'Nee,' loog Melissa. 'Ik ben eraan gewend dat ik mijn vader maar heel weinig zie. Tot een paar weken geleden werkte hij altijd in het buitenland.' Ander onderwerp, dacht ze erachteraan. Als ik ga vertellen dat ik alles van thuis heel erg mis, moet ik huilen en dat vind ik stom.

Om halftwee die middag verzamelden zich zo'n dertig eerstejaars, onder wie Melissa en Lieve, in het lokaal van mevrouw Davenport.

'Wat vind je van onze nieuwe klas?' fluisterde Lieve tegen Melissa toen iedereen eenmaal zat. 'Denk je dat ze een beetje aardig zijn?'

'Hmm, ik weet het niet,' fluisterde Melissa terug. Ze wees naar een meisje tegenover hen in de kring, dat met een zwaar Frans accent het hoogste woord voerde, terwijl ze ondertussen een geopend plakboek omhooghield voor de meisjes die naast haar zaten.

'Vreselijk, ze heeft het de hele tijd over alle talentenjachten die ze heeft gewonnen,' zei Lieve, nadat ze er een tijdje naar geluisterd hadden. 'Ze denkt zeker dat ze nu al de beste van de klas is.'

'Heel dom,' antwoordde Melissa. 'Iedereen die hier zit is hartstikke goed, anders kom je niet op deze school. Hoe heet ze eigenlijk?'

'Marie-Claire. Ik zat gister naast haar in de kantine en toen stelde ze zich voor. Ze komt uit een of ander dorp ergens in Frankrijk.'

De bel ging en mevrouw Davenport begon blaadjes uit te delen met het rooster van de eerste schooldag erop:

07.30–08.00 uur:	Ontbijt (kantine)
08.00–09.30 uur:	Wiskunde (blokuur)
09.30–11.00 uur:	Aardrijkskunde (blokuur)
11.00–11.15 uur:	Pauze
11.15–12.00 uur:	Engels
12.00–12.45 uur:	Geschiedenis
12.45–13.30 uur:	Lunch (kantine)
13.30–14.15 uur:	Zangles
14.15–15.00 uur:	Zelfstudie zang
15.00–15.15 uur:	Pauze
15.15–16.00 uur:	Solvège
16.00–17.00 uur:	Dansles/muziekles
17.00–17.45 uur:	Douchen en omkleden
17.45–18.30 uur:	Warme maaltijd (kantine)
18.30–21.00 uur:	Huiswerk maken (studiezaal)
21.00–21.30 uur:	Vrije tijd
21.45–07.00 uur:	Slapen

Jeetje, wat moeten we maandag veel doen,' fluisterde Melissa tegen Lieve, nadat ze het rooster uitgebreid had bestudeerd. 'We hebben maar een halfuurtje vrije tijd! Zou dat iedere dag zo gaan?'

'Ik denk het wel. De directrice had het er gister ook al over.'

'Hopelijk is het dan alleen doordeweeks zo druk. Straks moeten we in het weekend ook nog van alles doen en dan kunnen we misschien nooit eens een keertje lekker shoppen.'

Mevrouw Davenport was ondertussen voor de klas gaan staan. 'Wat valt jullie op aan het rooster dat ik net heb uitgedeeld?' vroeg ze toen ze zag dat iedereen het bekeken had.

'We moeten megavroeg naar bed!' riep een jongen met knalrood haar en een grappig accent, dat Melissa niet meteen kon thuisbrengen.

'Je moet je huiswerk in de studiezaal maken,' riep een meisje met donkere krullen erachteraan.

'We krijgen het maandag druk,' merkte Melissa op.

'Precies, dat antwoord wilde ik horen,' zei mevrouw Davenport, terwijl ze haar duim omhoogstak. 'Jullie zijn van 's ochtends vroeg tot 's avonds laat met school bezig. En zo gaat het niet alleen komende maandag, maar het hele eerste jaar, van maandag tot en met vrijdag en af en toe ook nog in het weekend.'

'Pff, had ik dat van tevoren maar geweten,' kwam de jongen met het rode haar ertussendoor. 'Dan was ik naar een gewone middelbare school gegaan!'

Mevrouw Davenport glimlachte even en ging toen weer verder. 'Omdat jullie zo'n zwaar programma hebben, is een goede sfeer in de klas heel belangrijk, anders hou je het hier niet vol. Vandaar dat we daar iedere week aandacht aan besteden tijdens het klassengesprek. Als er dan iets is wat je dwarszit, moet je dat zeggen. Dat lukt het best als je elkaar goed kent. Vandaar dat we de komende dagen tijdens het introductieprogramma heel veel leuke dingen met elkaar gaan doen!'

'Jippie!' riep de roodharige jongen. 'Dan heb ik toch de goeie keus gemaakt met de MDA!'

'Zo is dat,' zei mevrouw Davenport goedkeurend. 'Om te beginnen lopen we zo meteen naar de bushalte hier voor de school. Daar worden we opgepikt door een echte Londense rode dubbeldekker voor een rondrit door de stad. Het is de bedoeling dat je naast iemand gaat zitten die je nog niet kent. Na de rondrit wandelen we met zijn allen naar het grootste park van Londen – Hyde Park –, waar we een partijtje gaan volleyballen. En we sluiten de dag af met een barbecue hier in de tuin.'

Mevrouw Davenport was nauwelijks uitgesproken, of de hele klas begon te juichen.

'Naast wie ga jij zitten?' vroeg Melissa aan Lieve toen het weer een beetje rustig was.

'Weet ik nog niet. Ik wacht wel af wat er gebeurt. En jij?'

'Ik ga die jongen met het rode haar vragen.'

'Aha, je bedoelt Kevin. Hij komt uit Schotland. Val je op hem?' Lieve grinnikte.

'Nee, dat niet. Ik vind hem gewoon heel grappig.'

9

Zal ik zo meteen naast jou komen zitten?' vroeg Melissa vijf minuten later aan Kevin, terwijl ze met de hele klas op de dubbeldekker stonden te wachten.

'Ja, leuk!' antwoordde hij met een glimlach van oor tot oor. 'Ik ben Kevin McDonald uit Schotland. En jij?'

'Melissa van Moorsel uit Nederland.'

'Aha, dat dacht ik al toen ik je hoorde praten. Je Engels is trouwens hartstikke goed.'

'Dank je. Toen ik klein was heb ik een paar jaar in Amerika gewoond. Daar zal het wel door komen.'

Nadat ze even later een mooi plaatsje op de bovenste verdieping van de dubbeldekker hadden veroverd, zaten ze een beetje onwennig naast elkaar. Maar dat duurde niet lang.

'Hoe ben jij eigenlijk op de MDA terechtgekomen?' begon Melissa terwijl ze de straat uit reden.

'Via een talentscout,' antwoordde Kevin. 'Ik zat bij een

Schots jongenskoor, waarmee we elk halfjaar op tournee gingen, meestal door Europa.'

'Wow, wat gaaf!' reageerde Melissa spontaan. 'Dan ben je zeker ook wel eens in Nederland geweest?'

'Ja, een paar keer. Vorig jaar hebben we nog een concert gegeven in het Concertgebouw in Amsterdam.'

Melissa's mond viel open van verbazing. 'Jeetje, dan ben je hartstikke goed!' zei ze. 'Alleen de beste zangers van de wereld mogen daar optreden.'

Kevin deed net alsof hij Melissa's opmerking niet gehoord had. 'Toen we een halfjaar geleden op tournee waren in Parijs, mochten we op de laatste dag naar een musical,' vertelde hij. 'De cast wist dat we er waren en nodigde ons na afloop uit voor een drankje in de artiestenfoyer. Daar raakte ik al snel aan de praat met een van de zangers en voordat ik er erg in had, stonden we samen allerlei musicalliedjes te zingen, gewoon voor de lol. Ik ken er heel wat uit mijn hoofd, omdat ik helemaal verslaafd ben aan musicals. Ineens tikte er een man op mijn schouder, die vroeg of hij mij zijn kaartje mocht geven. Het was een talentscout van de MDA. Nou, en daarna ging het snel: mijn moeder heeft hem toen gebeld en een week later werd ik uitgenodigd om in Londen op de MDA auditie te komen doen!'

'Grappig, bij mij ging het ongeveer hetzelfde,' zei Melissa. 'Ik heb alleen niet bij een koor gezeten en ik ben ook nooit op tournee geweest. Ik zong altijd gewoon op mijn kamer en soms op een verjaardagsfeestje van mijn tante of mijn oma. Ongeveer een jaar geleden hoorde ik op school dat er een talentenjacht voor tieners op tv zou komen. Ik schreef me meteen in, eigenlijk meer voor de lol dan dat ik het echt graag wilde, en... ik won! Idioot, hè? Nou ja, en daarna ging het eigenlijk net als bij jou. Ik werd op een gegeven moment ook door een talentscout van de MDA gevraagd.'

'Ik denk dat jij sowieso wel op de MDA was gekomen, hoor,' zei Kevin bewonderend. 'Iedereen zegt dat je hartstikke goed bent.'

'Hoezo? Ik heb hier nog geen noot gezongen.'

'Toen je auditie kwam doen, schijn je het heel goed te hebben gedaan. Er wordt gezegd dat je een natuurtalent bent en dat je later misschien wel een grote ster wordt.'

Vergiste Melissa zich nu, of keek Kevin haar met grote verliefde ogen aan? Ze voelde zich ineens helemaal verlegen worden. 'Nou, laten we het hopen,' antwoordde ze, waarna ze zich snel naar haar tas op de grond bukte om iets te zoeken wat er helemaal niet in zat. Gelukkig stopte de dubbeldekker net op dat moment bij Hyde Park...

'En, hoe was het samen met Kevin in de dubbeldekker?' vroeg Lieve een tijdje later aan Melissa, terwijl ze naar hun volleyballende klasgenoten stonden te kijken.

'Leuk! Hij is heel aardig en hij vindt musicals ook hartstikke tof, net als ik.'

'Aha, daarom zaten jullie de hele tijd zo gezellig met elkaar te kletsen? Iedereen denkt nu dat jullie verliefd op elkaar zijn.'

'Echt?! Nou, dat is niet zo, hoor. Ik vind Kevin super-aardig, maar ik val niet op hem. Hij is te jong voor mij.' Melissa deed haar best om zo neutraal mogelijk te kijken terwijl ze dat zei, maar eigenlijk was ze een beetje in de war. Het was best spannend dat zo'n leuke jongen mis-schien verliefd op haar was, alleen ging het allemaal wel wat snel...

'Dat snap ik. Hoe vind jij het hier trouwens tot nu toe?' kwebbelde Lieve verder.

'Leuk! Naast wie zat jij eigenlijk in de bus?'

'Naast Samantha. Zij is echt heel grappig. Ik heb de hele rit alleen maar zitten lachen.'

'Uit welk land komt ze?'

'Uit Duitsland.'

'Hmm, ik dacht dat daar alleen maar saaie mensen woonden.'

'Niet dus!'

Eigenlijk best stom dat ik vannacht zo lang heb liggen piekeren, dacht Melissa. Het is toch echt wel heel gezellig op de MDA!

10

De rest van de introductieweek maakte Melissa nog verschillende excursies met haar klas, van een bezoek aan Buckingham Palace – het paleis van de koningin van Engeland – tot een rondleiding door het West End-theater, waar alle grote musicals van Londen worden opgevoerd. Ondertussen leerde ze al haar klasgenoten kennen. Behalve Marie-Claire vond ze iedereen heel aardig, maar het klikte het best met Lieve en Samantha. Verder hing Kevin opvallend vaak in haar buurt rond. Hij was overduidelijk helemaal verliefd op haar, maar hij deed verder geen versierpogingen, waarschijnlijk omdat hij dat niet durfde. Melissa vond het leuk dat hij zoveel werk van haar maakte, maar ze was zelf niet verliefd. Toch deed ze af en toe een beetje alsof, om ervoor te zorgen dat hij niet achter een ander meisje aan ging. Eigenlijk vond ze dat niet zo aardig van zichzelf, maar ze kon het toch niet laten. Al die aandacht was zó leuk!

De maandag na de introductie begon de eerste echte schoolweek op de MDA. Het waren pittige dagen voor Melissa. Van 's ochtends vroeg tot 's avonds laat was ze in touw met lessen volgen, zang- en dansoefeningen doen en huiswerk maken. Het vrije halfuurtje tussen negen en halftien voor het slapengaan besteedde ze maar een enkele keer aan msn'en met haar vriendinnen in Nederland; de meeste avonden hing ze nog even samen met Lieve onderuit voor de tv op een van de rode bankjes in hun kamer. In het weekend trok ze eropuit met haar twee nieuwe vriendinnen. Ze verkenden de buurt, brachten nog een bezoekje aan warenhuis Harrod's en gingen op zaterdagavond naar de bioscoop, vergezeld van Kevin en zijn kamergenoot John, een aardige jongen uit Ierland, die contrabas speelde. Voor Melissa er goed en wel erg in had, was het al weer maandag…

Het was op een ochtend ergens in het begin van de derde week dat Melissa er voor het eerst naar ging verlangen om weer even in Nederland te zijn. Ze stond ervan te kijken dat dat nu pas kwam. De eerste nacht op de MDA had ze nog enorm liggen twijfelen of ze niet veel beter in Nederland had kunnen blijven. Fijn om dit weekend weer eens thuis te zijn, dacht ze blij. Haar vader was vast al druk bezig met de inrichting van hun nieuwe appartement… Zou ze hem even bellen om te vragen hoe het ermee stond? Ze keek op haar horloge. Het duurde nog minstens tien minuten voordat de kantine openging voor het ontbijt. Binnen dertig seconden had ze haar vader al aan de lijn.

'Hallo pap, met Melissa. Hoe gaat het?' vroeg ze vrolijk.

'Eh... goed.'

'Waar ben je nu?'

'In ons oude huis.'

'Aha! Hoe gaat het met de verhuizing?'

'Goed. Morgen staat het verhuisbedrijf hier om acht uur op de stoep om onze spullen in te pakken. Als ze daarmee klaar zijn, ga ik het hele huis schoonmaken en dan wordt het vrijdagochtend aan de nieuwe eigenaars opgeleverd.'

'O, maar... dan kan ik niet meer afscheid nemen van mijn oude kamer,' zei Melissa. Ze werd ineens helemaal somber van het idee dat ze daar nooit meer zou komen. Allerlei herinneringen kwamen boven: aan haar moeder, die haar toen ze nog leefde elke avond naar bed bracht; aan haar oma, die na haar moeders dood een paar jaar voor Melissa had gezorgd en die altijd liep te mopperen dat Melissa haar kleren liet slingeren; aan al die uren die ze voor haar spiegel had doorgebracht met het oefenen van allerlei liedjes en danspasjes, eerst voor *Swingteens* en Adventure en later voor de auditie voor de MDA.

'Je mag er vast nog wel even in als je weer in Nederland bent,' onderbrak Melissa's vader haar gedachten. 'Het huis staat toch een hele tijd leeg, omdat ze het gaan verbouwen.'

'Fijn, dan ga ik er zaterdagochtend meteen naartoe,' zei

Melissa opgelucht. 'Misschien vraag ik Kelly wel mee, dan voel ik me niet zo alleen.'

'Ik ben bang dat dat niet gaat lukken.'

'Waarom niet? Kelly heeft geen vakantie, hoor. Ze is gewoon thuis.'

'Dat bedoel ik niet. Je kunt dit weekend niet naar Nederland komen. Het appartement is nog niet klaar; we kunnen er pas over drie weken in. Onze spullen worden voorlopig ergens opgeslagen. Ik logeer zolang in een hotel.'

Melissa's oren begonnen te suizen. Het komende weekend bleef ze dus gewoon in het internaat. Dat betekende dat ze van vrijdagmiddag tot zondagavond alleen zou zijn. De hele klas ging naar huis...

'Waarom heb je dat niet meteen verteld?' vroeg ze boos.

'De aannemer belde me er gisteravond pas over.'

'Kan ik dan niet bij een van mijn vriendinnen logeren?'

'Nee, dat lijkt me geen goed idee. Het kost veel geld om vanuit Londen hiernaartoe te reizen en dat stop ik liever in de inrichting van het nieuwe huis. Je komt gewoon het volgende verlofweekend weer naar Nederland. Heel vervelend voor je, maar het is gewoon niet anders.'

'Ik wil toch komen,' hield Melissa vol. 'Het is toch niet mijn schuld dat het appartement niet af is?'

'Nee schat, maar ik vind het onzin dat je naar Nederland komt nu het huis nog niet klaar is.'

'En mijn vliegticket?'

'Dat kon ik nog net annuleren.'

'O... Nou, dan heb ik niets meer te zeggen. De groeten!'

'Wat is er aan de hand?' vroeg Lieve toen ze merkte dat het telefoongesprek tussen Melissa en haar vader was afgelopen. 'Ga je dit weekend niet naar huis?'

'Nee, het nieuwe appartement is nog niet opgeleverd en nu wil mijn vader dat ik in Londen blijf,' kon Melissa nog net uitbrengen. Meteen daarna barstte ze in tranen uit.

Lieve sloeg een arm om Melissa heen. 'Jeetje, wat rot...' zei ze. 'En je mag dus ook niet naar een van je vriendinnen, begreep ik?'

'Nee. Idioot, hè? Dat vindt hij maar flauwekul.'

Melissa was nog niet uitgesproken of de bel ging, ten teken dat de kantine geopend was voor het ontbijt. Ze keek verschrikt op. 'Ook dat nog,' zei ze door haar tranen heen. 'Nu kan iedereen zien dat ik gehuild heb.'

'Ik maak wel even een washandje nat om je ogen mee te betten,' zei Lieve. 'Dan is er over vijf minuten niets meer van te zien.'

'Wat hebben we het eerste uur eigenlijk?' vroeg Melissa toen ze even later de gang op liepen om te gaan ontbijten.

'Solvège, van mevrouw Murdoch.'

'O, nee! Dat was ik helemaal vergeten... Vandaag ben ik aan de beurt om voor te zingen. Door dat stomme gesprek met mijn vader ga ik vast fouten maken.'

Lieve schudde beslist haar hoofd. 'Dat kan ik me niet voorstellen,' zei ze. 'Jij zingt hartstikke zuiver!'

'Laten we hopen dat het deze keer dan ook weer lukt,' antwoordde Melissa na een diepe zucht.

Een halfuurtje later maakte mevrouw Murdoch met een korte hoofdknik aan Melissa duidelijk dat het haar beurt was om een oefening uit het lesboek voor te zingen ten overstaan van de hele klas. Met knikkende knieën liep Melissa naar voren. Bij de eerste regel die ze zong, ging het al meteen mis: drie onzuivere noten en een rust die te lang duurde. De tweede en derde regel gingen niet veel beter... Toen Melissa aan het eind van de oefening opkeek, zag ze dat mevrouw Murdoch met haar rug naar de klas toe voor het raam was gaan staan. Het was doodstil in de klas. Melissa wachtte gespannen af wanneer ze zou losbarsten. Pas na ongeveer een halve minuut draaide ze zich om.

'Tjonge, Melissa, ik ben zojuist heel erg van jou geschrokken,' zei ze misprijzend. 'Toen je stond te zingen, had ik het gevoel dat ik naar een ziek vogeltje zat te luisteren.'

'Ik heb net nogal een rotbericht gehad,' antwoordde Melissa zachtjes, zonder op te kijken. 'Daardoor maakte ik allemaal fouten.'

'Ik denk eerder dat je te kort hebt geslapen,' reageerde mevrouw Murdoch pinnig. 'Heb je gisteravond soms nog zitten msn'en, terwijl je allang op één oor had moeten liggen?'

'Ja, met haar vriendje in Nederland!' riep Patrick ineens door de klas.

'Dat zal Kevin leuk vinden!' riep Marie-Claire eroverheen.

'Waar bemoei je je mee?' reageerde Kevin boos.

Er verscheen een vals lachje op het gezicht van mevrouw Murdoch. 'Aha, hebben we een stelletje in de klas?' vroeg ze.

'Nu nog wel,' antwoordde Marie-Claire, 'maar na de pauze waarschijnlijk niet meer!'

Wat gemeen om over die zogenaamde verkering van mij en Kevin te beginnen, dacht Melissa boos, zonder op te kijken. Straks gaat mevrouw Murdoch er de hele tijd flauwe grapjes over maken. Het verbaast me trouwens niets dat Marie-Claire zo stom doet. Ik dacht al dat ze jaloers was, omdat ik als enige nog steeds geen valse noten heb gezongen bij de koorrepetities, en zij en de anderen wel. Nu het mij ook overkomen is, probeert ze me meteen belachelijk te maken. Ze hoopt natuurlijk dat iedereen dan weer gaat denken dat zij de beste zangeres van de klas is.

Plotseling viel er een propje op Melissa's tafeltje. Zo onopvallend mogelijk pakte Melissa het op, vouwde het open en begon de inhoud ervan nieuwsgierig te lezen:

Tijdens de lunch pakken we Marie-Claire terug, oké?
Als de kantine helemaal vol is, gaan we nadoen hoe dom
ze in de introductieweek over dat suffe plakboek van
haar heeft lopen kletsen. Dan staat ze voor gek voor
de hele school en durft ze nooit meer zo flauw te doen!
Groetjes, Kevin

11

Zet de stoelen maar klaar voor het kringgesprek,' zei mevrouw Davenport een halfuur later bij de volgende les tegen de klas van Melissa. 'Ik wil even weten hoe het met jullie gaat.'

'Ga je het zeggen van Marie-Claire?' vroeg Lieve, terwijl ze haar tafeltje naar de zijkant van het lokaal schoof.

'Hmm, dat weet ik nog niet,' mompelde Melissa terug. Als ik er nu over begin, moeten we het ook meteen weer goedmaken, dacht ze erachteraan. Dan kan Kevins plannetje niet meer doorgaan en dat zou ik eigenlijk best jammer vinden...

'Goed, we gaan beginnen,' zei mevrouw Davenport toen iedereen zat. 'Hebben jullie het allemaal een beetje naar je zin? We hebben het hier zo druk dat we geen ruzies en zo kunnen gebruiken. Anders gaan jullie prestaties achteruit, en dat willen we natuurlijk voorkomen!' Na die woorden keek ze de klas rond om na te gaan of er iemand was die iets kwijt wilde.

Tot ieders verbazing was Marie-Claire degene die als eerste haar vinger opstak.

'Volgens mij vindt Melissa zichzelf een veel betere zangeres dan de rest van de klas,' zei ze na een knikje van mevrouw Davenport.

'Waarom denk je dat?' vroeg mevrouw Davenport.

'Nou, gewoon. Ze doet altijd zo overdreven haar best als we zangles of koorrepetitie hebben,' antwoordde Marie-Claire vinnig.

Melissa voelde zich zwaar beledigd. Ze begon er helemaal van te blozen. Pff, hoe verzint ze het, dacht ze. Dat stomme kind kan het gewoon niet hebben dat ik het tot vandaag beter heb gedaan dan zijzelf.

'Tja, maar dat is toch ook de bedoeling?' zei mevrouw Davenport met een verbaasde blik in haar ogen tegen Marie-Claire. 'Jij probeert het toch ook zo goed mogelijk te doen?'

'Ja, dat is wel zo, maarre…' Toen zweeg Marie-Claire. Ze ging met een beledigd gezicht naar buiten zitten staren en maakte haar zin niet meer af.

'Die opmerkingen van Marie-Claire over Melissa slaan echt nergens op!' zei Lieve plotseling hardop door de klas. 'Melissa doet helemaal niet overdreven haar best als ze staat te zingen. Ze wil gewoon geen fouten maken.'

'Dat is zo!' riep John. 'Marie-Claire heeft in de les van mevrouw Murdoch heel flauw gedaan tegen Melissa.'

Daar gaat Kevins plannetje, dacht Melissa. Maar ze werd wel heel warm vanbinnen dat twee van haar klasgenoten het zo voor haar hadden opgenomen.

Het gezicht van mevrouw Davenport kreeg plotseling een serieuze uitdrukking. Ze keek Melissa aan. 'Kun jij eens uitleggen wat er gebeurd is?' vroeg ze.

Melissa vertelde het hele verhaal van het telefoongesprek met haar vader tot en met de solvègeles. Toen ze uitgesproken was, stond het huilen haar nader dan het lachen.

'Wat vervelend allemaal, Melissa,' zei mevrouw Davenport. 'Ik vind het echt heel sneu voor je dat je dit weekend niet naar huis kunt. Maar toch denk ik dat je je niet hoeft te vervelen. Daarover ga ik straks nog een mededeling doen. Wat mevrouw Murdoch betreft: daar zou ik me maar niet zoveel van aantrekken. Ze zegt wel eens vaker iets wat niet zo aardig klinkt, maar ze bedoelt het allemaal niet kwaad. Ze is gewoon heel kritisch als het om jullie prestaties gaat.' Vervolgens wendde ze zich tot Marie-Claire. 'Maar nu jij, Marie-Claire! Volgens mij vind je het vervelend dat Melissa heel goed haar best doet, omdat je bang bent dat ze daardoor een betere zangeres wordt dan jij. Maar op de MDA is het juist de bedoeling dat de leerlingen er alles voor overhebben om zo goed mogelijk te leren zingen, dansen of muziek maken! We willen het liefst dat jullie straks allemaal een ster worden als jullie eenmaal van school af zijn. Is dat duidelijk?'

'Ja, mevrouw Davenport,' antwoordde Marie-Claire zachtjes. Maar aan haar gezicht was duidelijk te zien, dat ze er niets van meende…

De rest van het uur moest Melissa moeite doen om haar aandacht bij de les te houden. Ze dacht de hele tijd aan de mededeling die mevrouw Davenport zo meteen zou doen. Wat zou ze bedoelen met haar opmerking dat Melissa zich het komende weekend niet zou hoeven vervelen? Misschien vroeg ze haar wel mee naar een musical of een leuke dansvoorstelling! Het verdriet van eerder die ochtend was ineens een stuk minder geworden.

12

Oké jongens, sluit de boeken maar!' zei mevrouw Davenport ongeveer tien minuten voor het eind van de les. 'Ik had jullie al gezegd dat ik nog iets te vertellen heb.' Ze wachtte even tot iedereen zijn spullen had opgeruimd. 'Net als in eerdere jaren wordt er in december weer een grote eindejaarsvoorstelling georganiseerd, waar alle leerlingen van de MDA zich voor kunnen inschrijven,' begon ze toen. 'Vorig jaar hebben we een rockopera uitgevoerd en twee jaar geleden deden we een operette. Dit jaar hebben we voor een musical gekozen.'

'Wow, dat hoopte ik al!' riep Samantha enthousiast. 'Welke gaan we doen?'

'De musical *Grease*. Kennen jullie die?' vroeg mevrouw Davenport.

'Jaaaa!' joelde de hele klas in koor.

'Wie kan in het kort vertellen waar hij over gaat?'

'Ik!' riep Kevin meteen. 'Ik heb de musical al twee keer gezien en de film wel twintig keer.'

'Oké, ga je gang,' zei mevrouw Davenport glimlachend.

'Sandy en Danny ontmoeten elkaar op vakantie en daar worden ze verliefd op elkaar. Als ze weer naar huis moeten, kunnen ze bijna geen afscheid van elkaar nemen. Maar als ze na de vakantie weer naar school gaan, blijkt dat dezelfde te zijn en komen ze elkaar dus toch weer tegen! Algauw merkt Sandy dat Danny daar heel anders is dan de jongen die ze tijdens de vakantie heeft leren kennen. In plaats van romantisch en superlief is hij een echte meidengek, die Sandy maar braaf vindt. Daar baalt Sandy natuurlijk van en daardoor wordt haar verliefdheid steeds minder. Aan het eind van de musical krijgen ze toch nog verkering met elkaar. Ze zijn dan allebei veranderd: Danny doet niet meer arrogant en Sandy is een coole meid geworden.'

'Helemaal goed, bedankt!' zei mevrouw Davenport, toen Kevin uitgesproken was.

'Graag gedaan,' antwoordde hij. 'Ik zou best de rol van Danny willen. Ik ken alle liedjes van *Grease* uit mijn hoofd.'

'Dat is een hoofdrol, en die krijg je niet zomaar,' zei mevrouw Davenport. 'Daar moet je auditie voor doen.'

'Wanneer wordt die gehouden?' vroeg Kevin weer.

'Volgende week vrijdag, en misschien ook nog de week daarna; dat hangt ervan af hoeveel leerlingen meedoen. De inschrijving start morgen. In totaal zijn er vier hoofdrollen te vergeven: één voor elk studiejaar. Wie meedoet, moet keihard studeren en mag daarom gebruikmaken van alle repetitieruimtes hier in het gebouw.'

'Wat zijn na Danny en Sandy ook weer de andere hoofdrollen?' vroeg Ursula. 'Dat ben ik vergeten...'

'Goeie vraag,' antwoordde mevrouw Davenport. 'Dat zijn Kenickie en Betty Rizzo. Kenickie is de beste vriend van Danny en Betty Rizzo is de aanvoerster van de Pink Ladies, een groep meiden op Rydell High die altijd heel stoer doen. Ze vinden Sandy maar saai en oninteressant, maar als ze aan het eind van het verhaal ineens verandert in een heel cool meisje, zijn ze stikjaloers.'

Als ik een hoofdrol krijg, zou ik het liefst die van Sandy willen, dacht Melissa. Zij heeft niet alleen de meeste liedjes, maar ze is ook de leukste.

'Wie een hoofdrol in de wacht weet te slepen, heeft dubbel geluk,' ging mevrouw Davenport verder. 'Je mag dan namelijk meedoen aan een masterclass van een week van een beroemde musicalster. We willen dit jaar extra goed voor de dag komen, omdat de MDA dit jaar vijfentwintig jaar bestaat. Daarom vindt de eindejaarsvoorstelling ook niet zoals gewoonlijk in de aula plaats, maar in het West End-theater, waar jullie zijn geweest. We verwachten dat er een heleboel pers op afkomt. Er zitten immers nogal wat jonge talenten op onze school.'

De klas begon te gonzen van opwinding toen mevrouw Davenport uitgesproken was.

'Wie is die beroemde musicalster die de masterclass komt geven?' werd er ergens achter in de klas geroepen.

'Dat is…' antwoordde mevrouw Davenport heel langzaam, om de spanning er zo lang mogelijk in te houden, '… Nancy Lafontaine!'

De klas begon uitzinnig te joelen, maar Melissa deed er niet aan mee. Haar oren suisden. Stel je voor dat zij een van die vier gelukkigen met een hoofdrol zou zijn, dan zou ze vijf dagen lang van 's ochtends vroeg tot aan het avondeten les krijgen van de zangeres die ze na Beyoncé het meest bewonderde! Zeker weten dat ze heel veel van haar zou leren!

'Ik moet er alles aan doen om een hoofdrol te krijgen,' mompelde ze in zichzelf. 'Wat dat betreft komt het eigenlijk best goed uit dat ik dit weekend niet naar huis ga. Nu kan ik twee dagen lang al mijn tijd aan oefenen besteden…'

In de pauze liep Melissa samen met Lieve en Samantha een rondje door de binnentuin van de MDA. Uiteraard was de eindejaarsvoorstelling hét onderwerp van gesprek.

'Jij gaat je toch wel inschrijven voor een hoofdrol, Melissa?' vroeg Samantha op een gegeven moment, terwijl ze met haar vingers door haar korte rode haar woelde, waardoor het nog wilder kwam te zitten dan het al was.

'Ja, dat ben ik wel van plan. Waarom vraag je dat?'

'Omdat die vervelende Marie-Claire dat natuurlijk ook wil gaan doen. Stel je voor dat ze een hoofdrol krijgt; dat gun ik haar niet.'

'Ik ook niet,' zei Lieve er meteen achteraan. 'Ik vond haar al vervelend toen ze in de introductieweek steeds met dat plakboek van haar liep te leuren. Maar nu ze zo stom tegen Melissa heeft gedaan, vind ik haar echt vreselijk.'

'Niet te veel van laten merken, hoor,' zei Samantha. 'Anders moeten we er meteen weer over praten tijdens een kringgesprek met mevrouw Davenport.'

Melissa en Lieve schoten allebei in de lach.

'Gaan jullie je trouwens ook inschrijven?' vroeg Melissa.

'Ik niet,' zei Samantha. 'In het tweede jaar ga ik verder met muziek als hoofdvak. Ik wil graag vioolspelen in het orkest dat de musical begeleidt.'

'Ik ook niet,' zei Lieve. 'Ik krijg toch geen hoofdrol, dat weet ik nu al. Daar ben ik nog niet goed genoeg voor. Ik geef me op voor het achtergrondkoor.'

'Hé, Melissa!' werd er plotseling geroepen. Melissa draaide zich om en zag dat Kevin op haar af kwam lopen. 'Gaan we die grap nog uithalen met Marie-Claire?' vroeg hij toen hij eenmaal voor haar stond.

Melissa dacht even na.

'Nee, laat maar,' antwoordde ze toen. 'Het kan me eigenlijk niets meer schelen dat ze zo stom heeft gedaan. Ik vind de musical veel belangrijker.'

'Ga jij je er ook voor inschrijven?'

'Ja, ik wil graag Sandy worden.'

'Volgens mij maak je daar best kans op. Jouw stem kan alle liedjes wel aan.'

'Wie weet,' antwoordde Melissa. 'Wel jammer dat er maar één hoofdrol naar de eerstejaars gaat. Stel je voor dat ik Sandy werd en jij Danny; dat zou echt superleuk zijn geweest!'

Kevins gezicht werd helemaal rood. 'Meen je dat?' vroeg hij verlegen. Meteen daarna draaide hij zich om en liep snel weer terug naar het groepje waarmee hij eerder had staan praten.

13

Tijdens het huiswerk maken die avond in de studiezaal, moest Melissa moeite doen om wakker te blijven. Maar toen ze even na negenen op haar kamer kwam, startte ze toch meteen haar laptop op, om haar vriendinnen in Nederland te vertellen dat ze het komende weekend niet op haar moesten rekenen.

Voordat ze op MSN inlogde, checkte ze nog even snel haar mailbox. Hé, een e-mailtje van papa. Wat zou hij te vertellen hebben? Mocht ze misschien toch nog naar Nederland? Gespannen klikte Melissa het mailtje open en begon te lezen.

Van:	C.van.Moorsel@xs4all.com
Aan:	Melissa4ever@hotmail.com
Onderwerp:	Ons gesprek van vanochtend

Lieve Melissa,

Ik wil nog even terugkomen op ons telefoongesprek van vanochtend. Ik vond het heel vervelend dat je de verbinding zomaar verbrak. Ik snap heus wel dat het niet leuk voor je is dat je dit weekend nog niet naar huis kunt. Ik beloof je dat ik het heel gezellig ga maken als je er de volgende keer weer bent. Maar zijn er niet meer kinderen die het weekend op school moeten blijven? Misschien kun je zaterdag iemand meevragen om lekker te gaan winkelen? Ik zal vijftig euro naar je overmaken om iets leuks van te kopen. Liefs, papa

Papa wil heel graag dat we geen ruzie meer hebben, dacht Melissa toen ze het mailtje helemaal had gelezen. Best lief dat hij me vijftig euro geeft, maar ik mail nog niet terug dat het weer goed is. Zo snel gaat dat niet…
Even later op MSN waren haar vriendinnen gelukkig allemaal online:

Doris ☺ Ik ben een shopaholic! zegt:
Hey lieverd, leuk dat je er weer eens bent! ☺☺
Kelly ☺ I'm hot, you're not! zegt:

Voortaan wel vaker op MSN komen, hoor! Of vind je ons niet meer interessant?

Melissa <3 Londen zegt:

Sorry, girls, maar ik heb het echt superdruk op school. ☹☹

Doris ☺ Ik ben een shopaholic! zegt:

Wij ook, hoor!! Hoe gaat-ie nu?

Melissa <3 Londen zegt:

Goed en slecht…

Laura ☺ Love me baby zegt:

Hoezo slecht? Is er iets gebeurd?

Melissa <3 Londen zegt:

Ja. Ik moet van mijn vader dit weekend in Londen blijven, want het nieuwe appartement is nog niet klaar. ☹☹☹

Doris ☺ Ik ben een shopaholic! zegt:

Waar slaat dat op?!?

Kelly ☺ I'm hot, you're not! zegt:

Ja, wat is dat nou weer voor belachelijks?? Slaap bij mij!!

Melissa <3 Londen zegt:

Kon dat maar… Mijn vliegticket is al geannuleerd. Ik vind het echt heel erg. ☹☹☹☹

Laura ☺ Love me baby zegt:

Ik ook. We hadden allemaal leuke dingen bedacht om samen te gaan doen…

Melissa <3 Londen zegt:

Wat dan?

Doris ☺ Ik ben een shopaholic! zegt:

We wilden met z'n allen naar FRIS gaan zaterdag.

Melissa <3 Londen zegt:

Wat is FRIS?

Laura ☺ Love me baby zegt:

Een feest in de stad. Er wordt geen alcohol geschonken. Iedereen gaat.

Melissa <3 Londen zegt:

O ja, daar heb ik geloof ik al eens over gehoord.

Kelly ☺ I'm hot, you're not! zegt:

Een ander feest is leuker, hoor!

Doris ☺ Ik ben een shopaholic! zegt:

Doe niet zo stom. FRIS is vet leuk!!

Kelly ☺ I'm hot, you're not! zegt:

Shit, mijn moeder roept dat ik NU moet stoppen met computeren. Tot gauw, Melis, zet hem op!! xxxxxxxx

Melissa <3 Londen zegt:

Ja, see you!

Doris ☺ Ik ben een shopaholic! zegt:

Echt heel erg balen dat je niet komt, Melis. Ik heb nu helemaal geen zin meer in FRIS.

Laura ☺ Love me baby zegt:

Ik ook niet. We zagen je vader trouwens nog vanmiddag.

Doris ☺ Ik ben een shopaholic! zegt:

Ja, bij je oude huis. Hij stond samen met iemand de ramen te lappen.

Melissa <3 Londen zegt:

O, wie was dat?

Doris ☺ Ik ben een shopaholic! zegt:

Een vrouw, ik kende haar niet.

Laura ☺ Love me baby zegt:

Ik ook niet.

Melissa <3 Londen zegt:

Hoe zag ze eruit?

Doris ☺ Ik ben een shopaholic! zegt:

Halflang bruin haar en vrij klein.

Melissa <3 Londen zegt:

Dan was het tante Leny denk ik, die ziet er ook ongeveer zo uit. Ze zal hem wel helpen met schoonmaken en zo.

Laura ☺ Love me baby zegt:

Maar wat ging er nou wél goed met jou?

Melissa <3 Londen zegt:

O ja. In december gaan we met de hele school een musical doen en ik ga proberen een hoofdrol te krijgen. De auditie is volgende week vrijdag en nu ik het weekend hier blijf, heb ik dus genoeg tijd om te oefenen. ☺☺☺

Laura ☺ Love me baby zegt:

Nou, dan hoop ik dat je een hoofdrol krijgt, want die verdien je echt!

Doris ☺ Ik ben een shopaholic! zegt:

Wow, gaaf van die musical!! Wij gaan er hier op school ook eentje doen vlak voor de kerstvakantie, maar die wordt vast niet zo goed als die van jou, hahaha!

Melissa <3 Londen zegt:

Hoe is jullie nieuwe school trouwens?

Laura ☺ Love me baby zegt:

Superleuk! Veel aardige mensen en chille leraren ☺. Het is alleen wel ver fietsen en dat is echt zuur!! ☹☹

Melissa <3 Londen zegt:

Ja, daar heb ik mooi geen last van, ik woon op school, haha! Gaan jullie trouwens nog vaak shoppen?

Doris ☺ Ik ben een shopaholic! zegt:

Ja, maar niet elke middag, zoals eerst, want we moeten natuurlijk huiswerk maken. ☹☹☹

Melissa <3 Londen zegt:

Wat zuur! Maar ik moet nu stoppen, girls! Over een kwartiertje moet het licht uit…

Laura ☺ Love me baby zegt:

Jeetje, wat streng! Baal je daar niet van?

Melissa <3 Londen zegt:

Valt best mee, het is voor iedereen zo. Dit weekend spreken we elkaar weer op MSN, oké?

Doris ☺ Ik ben een shopaholic! zegt:

Tuurlijk, doen we! Welterusten!

Laura ☺ Love me baby zegt:

Slaap lekker, doeidoei!

Melissa <3 Londen zegt:

Ciao! Spreek jullie snel, xxx.

14

De vrijdagmiddag voor het verlofweekend hadden de eerstejaars vrij gekregen om hun koffers te pakken. Terwijl Lieve allerlei spullen die ze wilde meenemen op haar bed uitstalde, zat Melissa met haar laptop op schoot op een van de bankjes in het zitgedeelte van hun kamer. Ze zocht op YouTube naar filmfragmenten uit *Grease* van de liedjes die ze voor de auditie moest instuderen. Op die manier wist ze precies hoe ze de nummers moest uitvoeren: hoe ze erbij moest kijken, wat voor gebaren en bewegingen ze erbij moest maken en welke kleren ze aan moest trekken.

'Welke nummers ga je voor de auditie instuderen?' vroeg Lieve, terwijl ze haar propvolle toilettas probeerde dicht te ritsen.

'"Hopelessly Devoted to You" en "You're the One that I Want". Het eerste is heel gevoelig en het tweede is heel swingend, antwoordde Melissa, zonder haar ogen van het scherm af te halen.

'Hoeveel leerlingen hebben zich eigenlijk voor een hoofdrol ingeschreven?'

Melissa keek op. 'O, heel veel, wel vijftig of zestig,' antwoordde ze. 'Ik heb de lijst even ingekeken bij de conciërge. Van de meisjes uit onze klas waren dat Sally, Ursula, Marie-Claire en ikzelf natuurlijk, en van de jongens alleen Richard en Kevin.'

'Weet je al welke hoofdrol naar de eerstejaars gaat?'

'Dat wordt pas bekend als iedereen auditie heeft gedaan. Als bijvoorbeeld niemand uit onze klas een geschikte stem voor Sandy heeft, dan gaat die rol niet naar ons.'

'Hmm, dat is niet te hopen. Ik zou het echt super vinden als jij hem kreeg.'

Melissa moest lachen om het serieuze gezicht dat Lieve trok bij wat ze zei. 'Ik zal mijn best doen,' zei ze. Vervolgens legde ze haar laptop naast zich neer en stond ze op om Lieve te helpen haar koffer te sluiten.

'Jeetje, wat neem je veel mee!' riep ze hijgend en puffend uit toen de rits na vijf minuten persen nog steeds niet helemaal dicht was. 'Wat ben je dit weekend eigenlijk allemaal van plan?'

Lieve liet de koffer voor wat hij was en plofte op haar bed neer om even uit te blazen. 'Dat zal ik je vertellen,' zei ze toen ze weer een beetje op adem was. 'Vanavond ben ik pas om negen uur thuis en dan ga ik niet veel meer doen. De volgende ochtend slaap ik eerst uit en daarna ga ik naar een goededoelenactie op mijn oude basisschool. Ze hebben me gevraagd om een paar liedjes te komen zingen.'

'Super, je hebt dus een optreden!' zei Melissa enthousiast.

'Klopt,' antwoordde Lieve een beetje verlegen. 'Ik ga echt heel goed mijn best doen, want een deel van de opbrengst gaat naar het kindertehuis in Congo waar ik vroeger heb gewoond. Ze sparen voor een computer. Met alle activiteiten bij elkaar hopen we vijftienhonderd euro binnen te halen.'

'Ik zal voor jullie duimen! En 's avonds?'

'Dan ga ik naar het verjaardagsfeestje van Véronique. Zondagochtend blijf ik gewoon thuis en 's middags reis ik weer naar Londen.'

Na die woorden bleef het een tijdje stil.

'Ik vind het echt heel sneu voor je dat jij als enige uit onze klas het hele weekend hier moet blijven,' zei Lieve toen zachtjes, terwijl ze haar hand op die van Melissa legde. 'Wij gaan allemaal leuke dingen doen en jij kunt alleen maar oefenen voor de auditie.'

'Ik sla me er wel doorheen, hoor,' antwoordde Melissa monter. 'Als ik eraan denk dat ik nu meer kans maak op een hoofdrol in de eindejaarsvoorstelling en een masterclass van Nancy Lafontaine, vind ik het helemaal niet meer erg om hier te blijven. Ik ben trouwens niet het hele weekend alleen. Cindy komt me morgenochtend advies geven bij het instuderen van mijn liedjes en daarna gaan we shoppen bij Harrod's.'

'Gaaf! Ik las laatst nog ergens dat daar heel vaak filmsterren en allerlei andere beroemdheden komen.'

'Hmm, wie weet is Beyoncé er dan ook wel eens geweest...'

Lieve keek even op haar horloge en sprong toen op van haar bed. 'Help, over tien minuten vertrekt het busje met de leerlingen die naar Brussel en Parijs vliegen,' zei ze verschrikt. 'Ga je zo meteen nog even mee naar beneden om me uit te zwaaien?'

'Eh... nee, liever niet,' antwoordde Melissa. 'Als ik jullie zie vertrekken, moet ik misschien wel huilen, en dat wil ik niet. Stel je voor dat Marie-Claire toevallig in de buurt is en het ziet!'

'Nee, dat mag niet gebeuren. Ze zou je er alleen maar om uitlachen.'

15

Het weekend was veel sneller voorbijgegaan dan Melissa van tevoren had verwacht. Zaterdagochtend had Cindy al om negen uur op haar kamerdeur geklopt. 'Zullen we ons programma omdraaien?' had ze gevraagd, nadat Melissa met een slaperig gezicht had opengedaan. 'Eerst shoppen en daarna oefenen? Vanochtend is hier even verderop een grote rommelmarkt. Als ik een kostuum nodig heb voor een optreden, slaag ik daar bijna altijd. Ze verkopen er de gekste dingen: van hoepelrokken tot punkschoenen, en het kost allemaal geen cent. Wie weet kunnen we er ook twee leuke outfits voor jouw auditienummers vinden. Daarmee maak je veel meer kans op een hoofdrol.'

Melissa was meteen klaarwakker geweest. 'Doen we!' had ze geantwoord. 'Binnen vijf minuten ben ik aange-kleed. Maarre… gaan we dan ook nog even naar Harrod's? Daar had ik me heel erg op verheugd…'

'Tuurlijk! En daarna gaan we ook nog een broodje eten en wat drinken in een of ander leuk tentje in Soho, de coolste wijk van Londen.'

Pas om drie uur die middag waren Cindy en Melissa weer teruggekomen op de MDA, bepakt en bezakt met plastic tassen vol tweedehands kleren, allerlei make-updingetjes en zelfs een pruik met echte blonde krullen voor 'You're the One that I Want'. Daarna hadden ze allerlei zangtechnieken doorgenomen en dansjes bedacht. Ook zondag overdag was Cindy nog een paar keer langs geweest om te kijken of Melissa goede vorderingen maakte tijdens het oefenen van haar auditienummers. Ze had haar alleen maar complimentjes gegeven...

En nu was het zondagavond, even na achten. Melissa verheugde zich erop om Lieve weer te zien. Om de twee minuten stak ze haar hoofd om de deuropening om te kijken of ze de gang al in kwam lopen. Eindelijk, om klokslag halfnegen, was het dan zover.

'Lieve! Ik ben blij dat je er weer bent!' riep Melissa, toen haar kamergenootje toch nog onverwacht ineens in de deuropening stond. 'Ik heb je gemist. Hoe was je weekend?'

Vreemd: Lieve keek helemaal niet zo vrolijk. Ze liep de kamer in, zette haar tas neer en ging op de bank zitten. 'Tot gisteravond zeven uur was het echt superleuk. Mijn optreden voor het goede doel op mijn oude basisschool ging heel goed. Er kwamen een heleboel mensen op af en dat was ook zo bij de andere activiteiten. In totaal hebben we ruim drieduizend euro binnengehaald.'

'Wow, wat veel!' reageerde Melissa enthousiast. 'Jullie hadden toch maar de helft verwacht? Misschien kan het kindertehuis in Congo nu wel twee nieuwe computers kopen!'

'Dat had gekund,' antwoordde Lieve met een steeds somberder wordend gezicht. 'Maar toen ik al weer een tijdje thuis was en me na het eten nog even stond op te tutten, werd ik plotseling gebeld. Het was mijn oude juf uit groep 8. Ze vertelde me dat de opbrengst van de goededoelen-actie was verdwenen…'

'Drieduizend euro weg, wat vreselijk!' riep Melissa verbijsterd uit. 'Hoe kon dat nou gebeuren?'

'Dat weten we niet. Het geld zat in een kistje en dat had mijn juf in de la van haar bureau gestopt, voordat ze ging helpen met opruimen. Daarna wilde ze het mee naar huis nemen en dan zou ze het maandag naar de bank brengen.'

'Had ze die la dan wel op slot gedaan?'

'Die is opengebroken.'

'Hmm, toch raar dat de dief nou net dat laatje wist te vinden. Misschien was hij wel stiekem achter haar aan gelopen om te kijken wat ze met dat kistje ging doen.'

'Tja, ik weet het niet,' antwoordde Lieve na een diepe zucht. 'De politie is meteen gebeld en die heeft een sporen-onderzoek gedaan. We moeten nu afwachten of de dief gevonden wordt en of het geld er dan nog is.'

Melissa sloeg een arm om Lieve heen. 'Ik hoop echt dat het terugkomt,' zei ze meelevend.

'Ja, ik hoop het ook,' antwoordde Lieve. Na die woorden stond ze op, tilde haar koffer op haar bed en begon hem zwijgend uit te ruimen. 'Ik probeer maar om zo weinig mogelijk aan de diefstal te denken,' zei ze, toen ze bijna klaar was, 'anders vind ik niets meer leuk. Hoe was jouw weekend eigenlijk?'

'Dat ging eerlijk gezegd hartstikke snel voorbij,' antwoordde Melissa. 'Ik heb gisteren allemaal leuke dingen gedaan met Cindy en vandaag heb ik de hele dag mijn auditienummers geoefend. Ik zal je de filmpjes even laten zien die Cindy met mijn mobieltje heeft gemaakt!'

16

De ochtend van Melissa's auditie voor de eindejaarsvoorstelling was aangebroken. Een uur voordat de wekker ging, was ze al klaarwakker. Terwijl ze nog even bleef liggen omdat Lieve nog sliep, merkte ze dat ze een beetje zenuwachtig was. Misschien kwam het wel door iets wat haar bijgebleven was uit de tv-documentaire over Nancy Lafontaine: toen ze ooit als meisje van dertien in Londen een talentenjacht had gewonnen, was ze daarmee op tv gekomen en had ze er verschillende kranten mee gehaald. Vanaf dat moment was ze geregeld gevraagd voor bijrolletjes in echte musicals – eerst in kleine zalen, maar op een gegeven moment ook in het West End-theater. Ze zat dus al heel jong in het vak en dat was de belangrijkste reden geweest dat ze had kunnen uitgroeien tot de superster die ze nu was.

Als ik nu een hoofdrol krijg, zou het met mij wel eens hetzelfde kunnen lopen als met Nancy na haar talentenjacht, dacht Melissa. Er zijn immers meer dingen in onze levens die gelijk zijn…

In het slaapkamertje naast Melissa klonk gerommel: dat betekende dat Lieve ook wakker was.

'Help je me zo meteen even met mijn haar voor de auditie straks?' vroeg Melissa toen Lieve haar hoofd door de gordijnopening stak om te kijken of haar kamergenootje al wakker was. 'Ik wil die blonde krullenpruik opdoen en dat kan ik niet alleen.'

'Goeiemorgen… Oké, doe ik,' antwoordde Lieve geeuwend.

Drie kwartier later liep Melissa als een exacte kopie van Sandy uit de film *Grease* achter Lieve aan de kantine in. Vanuit haar ooghoeken zag ze iedereen naar haar kijken en wijzen. Plotseling viel het haar op dat niemand anders zich speciaal voor de auditie had uitgedost, terwijl ze vandaag beslist niet de enige kandidaat was…

Gelukkig reageerden Samantha, Kevin en John heel enthousiast, toen Lieve en Melissa bij hen aanschoven.

'Wow, Melissa, je ziet er echt heel gaaf uit!' zei Kevin, terwijl hij Melissa bewonderend aankeek. 'Wat goed dat je dat durft!'

'Vind ik ook,' viel Samantha hem bij.

'Hmm, menen jullie dat? Zie ik er echt niet al te idioot uit?' vroeg Melissa, terwijl ze met een onzekere blik de tafel rondkeek.

'Nou… een beetje wel,' merkte John op. 'Nee hoor, grapje!'

Toch waren al die aardige opmerkingen niet genoeg om Melissa van haar zenuwen af te helpen. Terwijl haar vrienden en vriendinnen het ene na het andere broodje naar binnen werkten, staarde zij nagelbijtend voor zich uit naar de croissant op haar bord. Ze kreeg geen hap door haar keel…

Nadat ze op haar horloge had gezien dat ze zich over een kwartiertje moest melden bij het auditielokaal, besloot Melissa haar ontbijt maar weer terug te brengen naar het buffet.

'Moet je echt niet iets eten?' vroeg Lieve bezorgd toen Melissa opstond van tafel. 'Straks val je nog flauw!'

'Dan kom ik je redden, hoor!' zei Kevin erachteraan.

'Het gaat zo wel,' antwoordde Melissa flauwtjes. 'Tot straks!'

Terwijl ze met knikkende knieën de kantine uit liep, wensten een heleboel MDA'ers haar succes. 'Jij krijgt een hoofdrol,' riepen een paar ouderejaars toen ze hun tafel passeerde. 'Dat kan niet missen met zo'n outfit.'

'Ik hoop het!' riep Melissa gespannen terug. Alleen moeten die zenuwen dan wel verdwijnen, dacht ze erachteraan. Toen ze langs de wc-ruimte kwam, liep ze even naar binnen om haar uiterlijk in de spiegel te checken. Gelukkig, alles zat nog precies zoals voor het ontbijt: haar kleding, de pruik, de valse wimpers en de rest van haar make-up.

'Ik ga mijn liedjes zo meteen supergoed zingen en ik ben ab-so-luut niet meer zenuwachtig!' sprak ze haar spiegelbeeld zo zelfverzekerd mogelijk toe. Ze had wel eens ergens gelezen dat zoiets hielp als je vlak daarna iets moeilijks of iets engs moest doen.

Twee minuten later klopte Melissa nog steeds een beetje trillerig aan bij het auditiezaaltje. Niet lang daarna zwaaide de deur open en keek ze recht in het gezicht van meneer Huckleberry, haar dansleraar.

'Kom binnen, Melissa,' zei hij vriendelijk. 'Jeetje, ik herken je bijna niet met die pruik en die wimpers! Je bent de eerste kandidaat van vandaag. Heb je er een beetje zin in?'

'Eh… ja, heel veel!'

'Fijn, loop maar vast naar de andere juryleden, dan zet ik de muziek voor je eerste liedje klaar.' Toen Melissa zag wie er achter de brede tafel op haar zaten te wachten, was ze gedurende een paar seconden even helemaal de kluts kwijt. Naast mevrouw Murdoch zat niemand minder dan… Nancy Lafontaine!

'Tjonge, jij hebt er echt werk van gemaakt met die outfit van je,' zei Nancy nadat Melissa zich aan haar had voorgesteld. 'Leuk, ik zie meteen welk liedje je gaat doen. Het had niet gehoeven, maar het maakt je performance wel een stuk levendiger.'

'Dat kan wel zijn,' merkte mevrouw Murdoch een beetje

kribbig op, 'maar we moeten natuurlijk niet vergeten waar het hier in de eerste plaats om draait: de beste stemmen vinden voor de hoofdrollen in onze eindejaarsvoorstelling.'

'Dat is waar,' zei Nancy, terwijl ze even naar Melissa knipoogde, zonder dat haar buurvrouw het merkte. 'Laten we maar gauw beginnen met de auditie. Ik ben heel benieuwd naar je eerste liedje, Melissa! Ben je er klaar voor?'

Melissa knikte. Wow, Nancy Lafontaine was niet alleen een geweldige zangeres, ze was ook nog eens hartstikke aardig! Melissa voelde zich ineens een stuk meer op haar gemak. De spanning zakte langzaam weg.

'Oké, veel succes!' ging Nancy verder. 'Start de muziek maar!'

Zodra Melissa de eerste tonen van 'You're the One that I Want' hoorde, zat ze meteen helemaal in haar rol van Sandy, die Danny aan het eind van *Grease* uitdagend en zelfverzekerd laat weten dat ze graag verkering met hem wil. Toen ze begon te zingen, zette ze op precies de goede toonhoogte in. Het hele liedje lang slaagde ze erin om zuiver en op de juiste sterkte te blijven zingen, en ook haar danspasjes en bewegingen gingen precies zoals ze die samen met Cindy had bedacht en ingestudeerd. Kwam het doordat haar grote voorbeeld op nog geen vijf meter afstand met een steeds groter wordende glimlach op haar gezicht naar haar zat te kijken?

'Hartstikke goed gedaan!' riepen Nancy Lafontaine en

meneer Huckleberry in koor toen Melissa klaar was met haar liedje.

Yes, twee van de drie juryleden zijn positief, dacht Melissa tevreden. Maar nu de laatste nog…

'Tja, ik vond het ook heel goed,' zei mevrouw Murdoch, nadat ze eerst een tijdje in haar notitieblok had zitten schrijven, 'maar Melissa is natuurlijk nog maar op de helft van haar auditie. Het heeft geen zin om nu al te gaan juichen.'

Ze legde haar pen neer en keek Melissa een paar seconden strak aan. 'Waarom zong je "You're the One that I Want" eigenlijk als eerste?' vroeg ze toen, haar ogen half dichtgeknepen.

Melissa was meteen op haar hoede. Was dit een strikvraag?

'Nou, gewoon,' antwoordde ze zo luchtig mogelijk. 'Het leek me wel leuk om met een uptempo nummer te beginnen.'

'Hmm, ik vind het geen verstandige keus van je,' reageerde mevrouw Murdoch pinnig. 'Het is altijd het best om met het moeilijkste nummer te beginnen.'

'O, maar dat heb ik toch ook gedaan?' vroeg Melissa verbaasd.

'Nee, juist niet,' antwoordde mevrouw Murdoch geïrriteerd. '"Hopelessly Devoted to You" lijkt misschien een simpel liedje, maar dat is het niet. Het is een heel gevoelige tekst, die je loepzuiver moet zingen, en dat terwijl er nauwelijks muzikale begeleiding bij is. Als je ook maar één klein foutje maakt, valt dat meteen heel erg op.'

'Daar heeft mevrouw Murdoch inderdaad gelijk in,' reageerde Nancy Lafontaine. 'Maar… ik heb er alle vertrouwen in dat Melissa het ook bij haar tweede liedje heel goed gaat doen.' Ze keek Melissa aan. 'Ga je gang,' zei ze vriendelijk.

Melissa was heel even van haar stuk geraakt door de opmerking van mevrouw Murdoch, maar het compliment van Nancy zorgde ervoor dat ze zich snel weer herstelde.

'Mag ik nog een klein momentje?' vroeg ze, terwijl ze naar meneer Huckleberry keek, die al weer opstond om de muziek aan te zetten. Toen hij knikte, dook ze zo snel ze kon achter de piano en verwisselde ze haar pruik voor een haarband. Daarna trok ze een romantisch wit jurkje over haar zwarte legging en hemdje aan en schopte ze haar pumps uit. De valse wimpers liet ze maar zitten. Binnen een minuut stond ze klaar voor haar tweede nummer.

17

En, hoe ging het?' vroeg Lieve op gedempte toon toen Melissa een kwartiertje later naast haar in de bank schoof tijdens de wiskundeles van meneer Smith.

'Heel goed! Volgens mij heb ik geen fouten gemaakt,' fluisterde Melissa terug. Ze maakte het propje open dat Kevin zojuist naar haar toe had gegooid en praatte ondertussen zachtjes verder. 'Weet je trouwens wie er in de jury zaten?'

'Even denken… mevrouw Murdoch voor het zingen en meneer Huckleberry voor het dansen?'

'Ja, maar er was nog een derde jurylid, en dat was Nancy Lafontaine!'

'Jeetje, werd je daar niet stikzenuwachtig van?'

'Eerst wel. Maar toen ze meteen heel aardig deed, was het gelijk over.'

'Gelukkig. Wat schrijft Kevin trouwens?'

'O, niets bijzonders. Hij vraagt alleen maar of de auditie goed ging.'

'Dames, ik weet niet of jullie het weten, maar we zijn met wiskunde bezig,' baste de stem van meneer Smith er plotseling tussendoor. 'Ik zeg het nu voor de laatste keer.' Verschrikt keken Melissa en Lieve allebei op. Ze hadden helemaal niet gemerkt dat hij al een tijdje probeerde hen stil te krijgen.

'Sorry, meneer Smith,' verontschuldigde Lieve zich. 'Melissa heeft net auditie gedaan voor een hoofdrol in de eindejaarsvoorstelling en ik was heel benieuwd hoe het is gegaan.'

'Dat bespreken jullie dan maar in de pauze. Als ik jullie nog één keer tot de orde moet roepen, mogen jullie je melden bij de directrice.' Toen hij dat had gezegd, pakte meneer Smith zijn liniaal en begon een aantal meetkundige figuren op het bord te tekenen. 'Overnemen in jullie schrift!' beval hij streng, zonder op te kijken van waar hij mee bezig was. Het werd muisstil in de klas. Alleen het gekras van potloden was nog te horen.

In de korte pauze besloten Melissa en Lieve ondanks de regen toch naar het schoolplein te gaan in plaats van naar de kantine. 'Pff, ik ben blij dat we even buiten zijn, zeg!' verzuchtte Lieve toen ze eenmaal onder een paar hoge kastanjebomen stonden. 'Een blokuur met zo'n strenge leraar hakt er wel in.' Ze nam een slokje van haar pakje appelsap en pakte toen hun gesprek over Melissa's auditie van eerder die ochtend weer op. 'Wanneer wordt de uitslag eigenlijk bekendgemaakt?' vroeg ze nieuwsgierig.

'Volgende week donderdag pas,' antwoordde Melissa. 'Er waren best veel inschrijvingen; maandag en dinsdag zijn er ook nog audities.'

'Jeetje, spannend, hoor! Wanneer zijn de andere kandidaten uit onze klas aan de beurt?'

'Marie-Claire moet vanmiddag en de rest volgende week.'

'Hoe weet je dat?'

'Dat stond op het schema dat ik heb gekregen.'

'Nou, ik hoop maar dat jij de beste bent van de meisjes uit onze klas. Stel je voor dat Marie-Claire een hoofdrol krijgt, dan moeten we nog maanden aanhoren hoe geweldig ze wel niet is.'

Toen de bel was gegaan, slenterden de twee vriendinnen in de richting van de ingang van de school.

'O, er is nog iets,' merkte Lieve plotseling op. 'Vlak voor je auditie kreeg ik een sms'je van mijn oude juf: de dief is gepakt, het was een junk. Hij heeft al het geld al uitgegeven.'

'Wat vreselijk!' riep Melissa uit. 'Dat betekent dat er dus geen computer voor Congo komt... Kunnen we niet iets verzinnen waarmee we wat geld kunnen ophalen?'

'Hmm, zaterdag zijn we de hele middag vrij. Misschien kunnen we dan ergens op straat leuke musicalliedjes zingen en daarna met de pet rondgaan?' opperde Lieve voorzichtig.

'Ja, dat is een superidee!' reageerde Melissa enthousiast. 'Dan gaan we naar Hyde Park! Cindy vertelde dat daar altijd heel veel straatartiesten optreden. En zullen we Kevin, John en Samantha ook meevragen? Dan hebben we drie zangstemmen, een viool en een contrabas, en staan we daar ook niet zo alleen.'

'Top! In de middagpauze gaan we het er meteen met ze over hebben. Dan hebben we nog een paar dagen om te oefenen.'

'Hopelijk hebben we daar dan wel genoeg tijd voor...'

Vlak voordat ze de klas in liepen, pakte Melissa haar mobieltje en sms'te nog even snel naar haar vader:

AUDITIE GING GOED! VOLGENDE WEEK DONDERDAG UITSLAG!! KUS, MELISSA

18

Die zaterdagochtend stapten Melissa, Lieve en Samantha meteen na de ochtendrepetities samen met Kevin en John op de bus richting Hyde Park. De meisjes hadden een kleurig jurkje aangetrokken met een spijkerjasje eroverheen en de jongens droegen een zwarte broek, met daarboven een zwart jasje en op hun hoofd een hoedje.

'Echt super dat jullie meteen wilden meedoen,' zei Lieve toen ze eenmaal met zijn vijven naast elkaar op de achterste rij zaten, de contrabas en de vioolkist op het bankje voor hen.

'Graag gedaan, hoor,' antwoordde John. 'Ik vind het sowieso hartstikke leuk om te doen. Toen ik nog in Dublin woonde, speelde ik bijna ieder weekend met een clubje vrienden Ierse volksliedjes op straat.'

'Wel goed dat we zoveel leuke musicalliedjes in de bibliotheek konden vinden,' merkte Melissa op. 'Gelukkig zaten er overal muziekpartijen bij, anders hadden we ons optreden wel kunnen vergeten.'

'Sommige waren nog best moeilijk,' zei Samantha. 'Na onze repetitie van gisteravond heb ik nog een hele tijd stiekem zachtjes op mijn kamer zitten oefenen. Gelukkig liep de conciërge niet te controleren! Ik hoop maar dat de mensen ons optreden zo goed vinden dat ze er wat geld voor willen geven.'

'Dat gaat vast wel lukken,' zei John, 'zeker als we een ideetje van Kevin en mij erbij gaan doen.' Hij bukte zich naar zijn rugzak, die voor hem op de grond stond, haalde er een vel stickerpapier uit en las hardop voor wat erop stond: '"Onze opbrengst gaat naar een kindertehuis in Congo!"'

'Ik vind het wel een goed idee,' zei Melissa, nadat ze er even over had nagedacht. 'Misschien halen we nu wel twee keer zoveel geld op. Dat zou mooi zijn!'

'Mee eens!' zeiden Lieve en Samantha in koor.

'Oké, girls, dan ga ik dat zo meteen even voor iedereen regelen,' zei John.

Vijf minuten later stopte de bus op de plaats van bestemming.

'Zullen we niet te moeilijk doen over een geschikte plek?' vroeg John toen ze bij de ingang van Hyde Park stonden te kijken welke kant ze het best op konden lopen. 'Die contrabas van mij weegt namelijk nogal wat!'

'Volgens mij kunnen we het best daar bij die terrasjes gaan staan,' zei Melissa, terwijl ze naar een aantal rode parasols even verderop wees. 'Daar zijn vast veel mensen.'

'Goed plan,' zei Kevin. 'Waarschijnlijk is er dan ook veel concurrentie, maar die moeten we dan maar proberen zo snel mogelijk van ons af te schudden.'

Toen ze even later een gunstig plekje hadden gevonden, nam John meteen de leiding over hoe ze zich moesten opstellen. 'Lieve, Melissa en Kevin: jullie vormen een rijtje, met Kevin in het midden. Samantha: jij gaat links van Lieve staan en ik rechts van Melissa. Als we vijf liedjes hebben gedaan, buigen we eerst naar de mensen voor ons en daarna naar de mensen achter ons. En, girls: als Kevin en ik met onze hoedjes rondgaan, blijven jullie gewoon staan, oké? Anders wordt het zo rommelig. Daarna doen we weer een ronde van vijf liedjes enzovoort.'

'Jeetje, je lijkt wel een generaal!' protesteerde Melissa.

'Tja, ik heb nou eenmaal de meeste ervaring met straatoptredens,' antwoordde John met een brede grijns op zijn gezicht. Hij wachtte even tot de hele club goed stond opgesteld en pakte toen zijn stickervellen uit zijn rugzak, die hij vervolgens in rap tempo bij iedereen achter op de rug plakte.

Zodra John en Samantha even later de begintonen van het eerste nummer speelden, vormde zich een kring van toeschouwers om hen heen, die al snel breder en breder werd. Na elk liedje werd er enthousiast geapplaudisseerd en op een gegeven moment begonnen er zelfs mensen mee te zingen.

'Volgens mij halen we best veel geld op,' zei Lieve tegen Melissa toen Kevin en John na de eerste ronde van vijf liedjes met hun hoedjes rondgingen. 'Iedereen is hartstikke enthousiast.'

'Ja, dat denk ik ook! Ze moeten alleen ook weer niet al te lang blijven staan. Zo groot is ons repertoire nou ook weer niet, met die zeven liedjes die we hebben ingestudeerd...'

Nadat Melissa nog een tijdje naar het publiek had staan kijken, voelde ze plotseling iets op haar rug kriebelen. 'Hé, wat gebeurt daar?' riep ze verbaasd. Ze draaide zich snel om en keek toen recht in het plagerige gezicht van Kevin. In zijn hand hield hij een rode viltstift. 'Volgens mij wilde je iets op de sticker op mijn rug schrijven,' riep Melissa quasiboos uit. 'Gelukkig had ik het net op tijd door!'

Meteen daarna greep ze Kevin bij zijn schouders en pro- beerde ze hem omver te duwen.

'O ja? Denk je dat?' vroeg hij plagerig. 'En daarom wil je nu zeker met me vechten? Pas maar op, hoor, ik ben toch veel sterker dan jij!'

Voor Melissa er erg in had, lag ze op haar rug in het gras, met Kevins gezicht vlak boven het hare.

'Laat me los!' gilde ze, helemaal slap van het lachen. 'Genade!'

'Alleen als ik je een zoen mag geven,' antwoordde Kevin, terwijl hij haar ondertussen nog steviger vasthield.

Help, hoe red ik me hier nu weer uit, vroeg Melissa zich verschrikt af. Kevin denkt vast dat ik verkering met hem wil, omdat ik met hem begon te stoeien. Ik had gewoon niet moeten reageren toen ik die viltstift op mijn rug voelde...

'Joehoe, we gaan weer beginnen!' klonk de stem van John ineens naast hen. Kevins greep op Melissa verslapte meteen. Zo snel ze kon, werkte ze zich onder hem uit en krabbelde weer omhoog. Gelukkig, net op tijd, dacht ze opgelucht.

'Hoeveel hebben we opgehaald?' vroeg ze aan John, alsof er niets aan de hand was.

'Veertig pond. Niet slecht voor één rondje, toch? Dat gaan we nog een keertje of tien doen!'

19

In de dagen die volgden, werd er op de MDA over bijna niets anders gepraat dan over de audities voor de eindejaarsvoorstelling. Volgens de geruchten waren Melissa, Marie-Claire en twee meisjes uit het derde jaar de grootste kanshebbers voor de rol van Sandy.

Toen alle kandidaten op de dag van de uitslag even na vieren dan eindelijk in de aula bij elkaar zaten om van de juryleden mevrouw Murdoch en meneer Huckleberry te horen wie een hoofdrol hadden gewonnen, was de spanning om te snijden. Melissa zat naast Kevin en kneep van de zenuwen af en toe in zijn hand, zonder dat ze daar zelf erg in had. 'Good luck, je gaat winnen!' hadden haar vriendinnen uit Nederland haar zojuist nog even ge-sms't. Hopelijk kregen ze gelijk…

Nadat mevrouw Murdoch met behulp van een belletje om stilte had verzocht, stapte meneer Huckleberry het podium op met een microfoon in zijn hand. 'Welkom allemaal!' begon hij, terwijl hij de aula rondkeek. 'Het was dit jaar ontzettend moeilijk om de juiste kandidaten voor de vier hoofdrollen te kiezen. Veel ouderejaars zijn in korte tijd erg gegroeid en onder de eerstejaars zit enorm veel talent. Jullie hebben bijna allemaal ongelooflijk goed gepresteerd!' Er klonk even een kort applausje nadat hij dat had gezegd, maar meteen daarna kon je weer een speld horen vallen.

'Bij iedere hoofdrol die ik zo meteen ga oplezen, noem ik telkens twee namen,' ging meneer Huckleberry verder. 'De eerste is die van de winnaar of winnares en de tweede is die van de *understudy*, iemand die invalt voor een hoofdrolspeler als die bijvoorbeeld ziek is. Ik ga beginnen met de rol van Danny. Die gaat naar… David Goldschmidt uit het derde jaar! En zijn understudy is… Jonathan Brown! Gefeliciteerd jongens! Kom maar op het podium.'

De hele aula barstte uit in luid applaus, maar Melissa deed er niet aan mee. Als door een bliksemflits getroffen staarde ze naar David, die dolblij het podium op klom. Wat een knappe jongen! Toen hij eenmaal in de spotlights stond, leek hij wel een ster met zijn brede schouders en zijn stralende lach. Wow, dacht Melissa, hij is echt superknap… Nu hoop ik nog veel meer dat ik Sandy word. Dan is elke repetitie een feestje!

Meteen daarna begon ze hard met de zaal mee te klappen. Als Kevin merkte hoe leuk ze David vond, zou hij daar vast niet blij mee zijn. Misschien viel de vriendenclub dan wel uit elkaar en dat zou Melissa heel erg vinden…

Toen het weer rustig was in de aula, ging meneer Huckleberry verder met de rol van Sandy. 'Over de winnares van deze rol hebben we best lang nagedacht, moet ik eerlijk bekennen,' zei hij. 'Er waren wel vijf of zes meisjes die deze rol waarschijnlijk heel goed hadden kunnen uitvoeren. Maar er waren er twee bij die nog net een stukje boven de rest uitstaken. De hoofdrol van Sandy en de rol van understudy gaan daarom naar deze twee natuurtalenten. Ze zitten nog maar in het eerste jaar en ze heten… Melissa van Moorsel en Marie-Claire Favier! Kom maar naar voren!'

De eerste seconden nadat Melissa haar naam samen met die van Marie-Claire door de aula had horen schallen, bleef ze half verdoofd op haar stoel zitten. Wie heeft de hoofdrol nou gekregen, vroeg ze zich koortsachtig af. Ikzelf of Marie-Claire? Maar tijd om daar langer over na te denken kreeg ze niet. Ze voelde hoe ze aan alle kanten werd vastgepakt. 'Je bent erbij, Melis!' riep Kevin enthousiast vlak bij haar rechteroor. 'Je gaat naar het West End, wat goed! Dat gaan we straks vieren!'

Als in een roes schoot Melissa omhoog van haar stoel en werkte zich de rij uit naar het gangpad. Tegelijk met Marie-Claire klauterde ze het podium op.

'Lieve dames, nu wordt het nog even spannend voor jullie,' zei meneer Huckleberry, terwijl Melissa en Marie-Claire zij aan zij in het felle licht van de spotlights met hun ogen stonden te knipperen. Het werd doodstil in de aula, de spanning was te snijden. 'Ik zei daarnet al dat jullie allebei de hoofdrol aankunnen. Maar helaas: we hebben er maar één te vergeven. Het was moeilijk kiezen voor de jury, maar het is uiteindelijk toch gelukt.' Hij wendde zich naar Melissa en trok haar een eindje naar voren. 'Lieve Melissa,' sprak hij haar vervolgens toe. 'Tijdens de auditie was jij van jullie tweetjes degene die niet alleen de juiste stem voor Sandy had, maar ook het juiste uiterlijk, met die malle blonde krullenpruik. Vandaar dat de hoofdrol naar jou gaat en de rol van understudy naar Marie-Claire! Allebei van harte gefeliciteerd!'

Melissa begon gelijk te springen en te juichen nadat meneer Huckleberry was uitgesproken. 'Yes, ik heb gewonnen!' riep ze dolblij door het applaus heen naar iedereen die het horen wilde. Meteen daarna werd ze omhelsd door Jonathan, en vervolgens door David. 'Leuk vriendinnetje heb ik de komende maanden,' zei hij met een guitig lachje. 'Dat had ik niet durven dromen!' Toen hij haar weer losliet, streek er een wolk van minstens twintig fladderende vlinders in Melissa's buik neer...

Nadat meneer Huckleberry de namen van de overige hoofdrolspelers en understudies ook bekend had gemaakt, vroeg hij of de artiesten nog even wilden blijven om door te nemen wat er verder ging gebeuren. Terwijl de aula langzaam leegliep, besloot Melissa om toch maar op Marie-Claire af te lopen en haar te feliciteren, al deed ze het niet van harte.

'Gefeliciteerd met je understudy-rol,' zei ze, terwijl ze haar best deed om zo vriendelijk mogelijk te klinken. Ondertussen stak ze haar hand uit.

Maar Marie-Claire gaf geen hand terug. Met een ijzige blik in haar ogen staarde ze Melissa een tijdlang zwijgend aan. 'Dank je,' zei ze op een gegeven moment. 'Ik ben het alleen niet met de beslissing eens. Het is belachelijk dat jij alleen vanwege die domme pruik hebt gewonnen. Daar heb ik er wel tien van in mijn kast liggen. Ik ga zo meteen naar meneer Huckleberry toe en dan eis ik een nieuwe auditieronde, alleen voor jou en mij.'

Melissa's bloed begon bijna te koken toen ze dat hoorde. Hoe durfde ze! Marie-Claire kon het gewoon niet hebben dat ze de hoofdrol niet had gekregen. 'Veel succes,' antwoordde Melissa met een uitgestreken gezicht. 'Dan hoor ik het nog wel.'

'Volgende week woensdag en donderdag verwacht Nancy Lafontaine jullie allemaal in het zanglokaal naast de ingang van de kantine, voor het eerste gedeelte van de masterclass,' deelde mevrouw Murdoch even later mee. 'Het tweede gedeelte vindt in de week na de herfstvakantie plaats en daarna starten we met de repetities, viermaal per week. Het is de bedoeling dat jullie daar elke keer bij aanwezig zijn.' Na die woorden zette ze haar bril af en keek met priemende ogen de kring rond. 'De komende maanden wordt het dus heel hard werken,' sloot ze haar mededeling op strenge toon af.

20

Toen Melissa de aula verliet, zag ze mevrouw Murdoch ineens voorbijlopen. Ze besloot haar meteen aan te schieten over de mogelijkheid van een nieuwe auditieronde, ook al vond ze dat best eng.

'Mevrouw Murdoch, mag ik u iets vragen?' vroeg ze bedeesd.

'Tuurlijk, kind, zeg het maar.'

'Stel dat je het niet eens bent met de beslissing van de jury over de hoofdrollen in *Grease*, mag je dan een nieuwe auditieronde vragen?'

Mevrouw Murdoch kreeg meteen een geërgerde blik in haar ogen. 'Vragen wel, maar krijgen niet,' antwoordde ze bits. 'Was jij dat soms van plan? Ben je niet blij met de Danny die we gekozen hebben, of zo?'

'Nee nee, zeker niet!' reageerde Melissa snel. 'Ik ben juist heel blij met David. Ik ving alleen maar zoiets op toen ik net de aula uit liep.'

Opgelucht vervolgde ze haar weg naar de kantine voor de warme maaltijd. Ze zag op haar horloge dat ze maar een klein kwartiertje had om te eten. Daarna moest ze meteen weer door naar de studiezaal voor enkele uren huiswerk. Toch pakte ze nog even snel haar mobieltje om een sms'je naar haar vriendinnen in Nederland te sturen dat ze had gewonnen. Ze hadden heel erg met haar meegeleefd.

Pas toen om negen uur het vrije halfuurtje was aangebroken hief ze dan eindelijk het glas, samen met Lieve, Samantha, Kevin en John. Tot ieders verrassing had John het voor elkaar gekregen om een fles nepchampagne bij het hoofd van de keuken los te peuteren, waardoor het allemaal net echt leek. Daarna hadden ze zich helemaal misselijk gegeten aan twee grote zakken chips, die Samantha uit haar tas tevoorschijn had getoverd. Kevin had Melissa de hele tijd verliefd aangestaard, maar ze had steeds net gedaan alsof ze het niet merkte.

Om halftien moesten de feestvierders jammer genoeg weer vertrekken en klokslag kwart voor tien lag Melissa keurig volgens de regels in haar bed. Ze was alleen nog lang niet van plan om te gaan slapen. Nadat ze haar laptop had aangezet, pakte ze haar mobieltje om voor de zoveelste keer haar vader te bellen. Ze wilde hem dolgraag vertellen dat ze de rol van Sandy had gewonnen, maar tot dan toe was hij voortdurend in gesprek geweest.

Hé, twee sms'jes, van Doris en van Kelly.

WAAR BLIJF JE??

NU OP MSN KOMEN!!!

Hoe zit het nou eigenlijk met jou en Kevin?' hoorde ze Lieve plotseling van achter de andere kant van het gordijn vragen. 'Hij zat je daarnet de hele tijd superverliefd aan te staren, maar jij ontweek hem steeds.'

'Ik vind hem hartstikke aardig, maar ik ben niet verliefd op hem en dat ben ik ook nooit geweest,' antwoordde Melissa met tegenzin. Vervelend dat Lieve erover begon. Nu David in haar leven was gekomen, wilde ze haar geflirt met Kevin het liefst zo snel mogelijk vergeten.

'Je hebt hem anders wel voortdurend uit zitten lokken.'

'Vind je?'

'Ja. Dat moet je voortaan niet meer doen, anders vind ik het sneu voor Kevin,' zei Lieve.

'Oké, je hebt ook wel gelijk. Ik zal erop letten,' antwoordde Melissa om ervanaf te zijn. 'Maarre… nu moet ik mijn vader nog even bellen. Hij weet nog niet dat ik een hoofdrol heb gewonnen en ik moet ook nog msn'en met mijn vriendinnen in Nederland.'

Gelukkig ging haar vaders telefoon nu wel over. 'Hé, Melissa, leuk dat je belt!' viel hij meteen met de deur in huis. 'Ik verwachtte vandaag helemaal geen telefoontje van je. Hoe gaat het?'

'Hoezo verwachtte je geen telefoontje van mij?' vroeg Melissa geïrriteerd. 'Ik had je toch ge-sms't dat ik vandaag de uitslag zou krijgen van de auditie voor een hoofdrol in de eindejaarsvoorstelling?'

'O, wat stom, dat is waar ook. Ik ben het door alle drukte rond onze verhuizing helemaal vergeten,' verontschuldigde haar vader zich. 'Het nieuwe huis is inmiddels helemaal geschilderd en onze spullen worden er volgende week naartoe verhuisd. Als jij hier dan in de herfstvakantie bent, richten we het samen verder in. Maar vertel: heb je een hoofdrol gewonnen of niet?'

'Ja, ik heb de rol van Sandy gekregen, de belangrijkste vrouwelijke hoofdrol.'

Vreemd, Melissa had zich er de hele dag op verheugd om deze uitslag aan haar vader te kunnen vertellen, maar nu het dan eenmaal zover was, was het ineens een stuk minder leuk dan ze had verwacht. Hij was gewoon vergeten dat het vandaag misschien wel de belangrijkste dag uit haar MDA-carrière was. En dan was hij ook nog eens de hele tijd in gesprek geweest!

Een beetje gelaten liet Melissa de felicitaties van haar vader over zich heen komen. Toen hij vroeg of er iets aan de hand was, antwoordde ze maar dat ze heel moe was. Nog geen minuut later was het gesprek al beëindigd.

Eigenlijk had Melissa daarna helemaal geen zin meer om nog met haar vriendinnen in Nederland te msn'en, maar ze besloot haar laptop toch maar niet uit te schakelen. Ze zaten vrijwel zeker nog op haar te wachten.

Melissa <3 Londen zegt:

Hey girls, ik ben Sandy!! ☺☺☺

Laura ☺ Love me baby zegt:

Wow, super!! Gefeliciteerd! ☺☺☺

Doris ☺ Ik ben een shopaholic! zegt:

Ook van mij, ik ben trots op je!

Kelly ☺ I'm hot, you're not! zegt:

Echt heel gaaf. In de film *Grease* is Sandy eerst een tutje, maar aan het eind is ze supercool met die make-up en die hoge hakken. Alle jongens van je school worden na de voorstelling verliefd op je!!

Laura ☺ Love me baby zegt:

Kelly, jij denkt ook alleen maar aan jongens en zo! ☹☹

Kelly ☺ I'm hot, you're not! zegt:

Valt wel mee. Ik kan ze gewoon krijgen, dat is het.

Doris ☺ Ik ben een shopaholic! zegt:

Girls, doe even niet zo stom. Ga verder Melis!

Melissa <3 Londen zegt:

Oké, dan ga ik er nog iets meer over vertellen. Volgende week krijg ik samen met de andere hoofdrolspelers en de reserves twee dagen zangles van Nancy Lafontaine. Kennen jullie haar?

Kelly ☺ I'm hot, you're not! zegt:

Nee. Wie is dat?

Melissa <3 Londen zegt:

Een heel beroemde Engelse musicalster. Ze is de beste

zangeres van de wereld, op Beyoncé na dan.

Doris ☺ Ik ben een shopaholic! zegt:

Echt vet!

Melissa <3 Londen zegt:

Zekers! En verder heb ik een heel leuke tegenspeler.

Hij heet David en hij heeft de rol van Danny. ☺☺☺

Kelly ☺ I'm hot, you're not! zegt:

Ben je verliefd op hem?

Melissa <3 Londen zegt:

Eh… ja, een beetje wel, denk ik. Maar ik heb nog bijna niet

met hem gepraat. ☺☺☺

Kelly ☺ I'm hot, you're not! zegt:

Zuur…

Doris ☺ Ik ben een shopaholic! zegt:

Maar je had toch iets met ene Kevin?? Hoe zit dat dan?

Nee, hè! Begonnen ze daar in Nederland nu ook al over,
dacht Melissa.

Melissa <3 Londen zegt:

Kevin is ook heel leuk, maar dan anders. Ik was trouwens

niet echt verliefd op hem, hoor!

Kelly ☺ I'm hot, you're not! zegt:

Waarom neem je ze niet allebei? Doe ik ook wel eens, als ik niet kan kiezen.

Melissa <3 Londen zegt:

Kel, doe niet zo belachelijk!

Kelly ☺ I'm hot, you're not! zegt:

Kom je volgende week nog naar Nederland?

Melissa <3 Londen zegt:

Jaaaaa! Ik had mijn vader net nog aan de lijn en die vertelde dat ons nieuwe appartement dan klaar is. We moeten het alleen nog inrichten.

Laura ☺ Love me baby zegt:

Spannend!

Melissa <3 Londen zegt:

Jullie moeten echt snel komen logeren om mijn nieuwe kamer in te wijden!!

Kelly ☺ I'm hot, you're not! zegt:

Ja, gaaf! Dan kunnen we 's avonds lekker uitgaan!

Laura ☺ Love me baby zegt:

Dat mag ik niet van mijn ouders.

Doris ☺ Ik ben een shopaholic! zegt:

Ik ook niet. Ik mag alleen naar schoolfeesten en naar FRIS.

Kelly ☺ I'm hot, you're not! zegt:

Sorry hoor, maar ik vind jullie de laatste tijd echt saai! ☹☹☹☹ Jullie durven nooit eens iets te doen wat jullie ouders niet goedvinden.

Melissa <3 Londen zegt:

We gaan gewoon een dvd kijken, oké? Dan mag jij hem uitzoeken, Kel.

Doris ☺ Ik ben een shopaholic! zegt:

Super. Zullen we nu trouwens gaan slapen? Laus en ik hebben morgen het eerste uur een pw wiskunde.

Melissa <3 Londen zegt:

Slaap lekker! ☺☺

Doris ☺ Ik ben een shopaholic! zegt:

Jullie ook, doei! ☺ xxx

Laura ☺ Love me baby zegt:

Hetzelfde! ☺ Kus!

Meteen daarna waren Doris en Laura offline. Net toen Melissa wilde afsluiten, kreeg ze nog een berichtje binnen:

Kelly ☺ I'm hot, you're not! zegt:

Hèhè, die zijn weg. Ik zit me af en toe heel erg aan Doris en Laura te ergeren. Het zijn echt van die braveriken.

Melissa <3 Londen zegt:

Doris valt volgens mij nog wel mee.

Kelly ☺ I'm hot, you're not! zegt:

Oké, die is iets minder erg dan Laura. Maar toch. Ze praten alleen maar over huiswerk en nooit over jongens. Als ik daarover begin, krijg ik een preek van dominee Laura!

Melissa <3 Londen zegt:

Laura heeft gewoon nog nooit verkering gehad. Ze gaat

jongens vast wel snel ook leuk vinden. Don't worry. Kom, we gaan slapen.

Kelly ☺ **I'm hot, you're not! zegt:**

Ja, je hebt gelijk, ze trekken wel weer bij. Slaap lekker, Lis!

21

De eerste dag van de masterclass van Nancy Lafontaine was eindelijk aangebroken. Melissa had de halve nacht wakker gelegen vanwege de vlinders in haar buik; ze verheugde zich enorm op wat ze vandaag allemaal zou leren van haar grote idool. En verder zou ze David natuurlijk weer ontmoeten! Na het ontbijt – waarbij ze bijna geen hap door haar keel had kunnen krijgen – arriveerde ze als eerste bij het lokaal waar de masterclass zou plaatsvinden. Gelukkig was de deur open, zodat ze meteen naar binnen kon gaan om alvast wat inzingoefeningen te doen.

Het duurde niet lang of de andere hoofdrolspelers en understudies druppelden een voor een naar binnen. Wow, wat is die David toch knap met zijn mooie zwarte krullen en witte tanden, schoot door Melissa heen terwijl ze aan haar zevende toonladder begon en ondertussen naar hem keek. Hij zou zo een model kunnen zijn...

'Goedemorgen, fijn dat jullie er allemaal zijn,' onderbrak een krachtige vrouwenstem plotseling alle mijmeringen, toonladders en andere inzingoefeningen. Alle ogen in de klas richtten zich vol bewondering naar de deuropening, waar Nancy Lafontaine als een echte diva haar opwachting maakte.

'Goedemorgen, mevrouw Lafontaine!' klonk het in koor.

'Zeg maar Nancy, hoor!' antwoordde Nancy. Ze liep het lokaal binnen en legde een stapel cd's op de vleugel neer.

'Zullen we beginnen met een voorstelrondje?' vroeg ze vervolgens. 'Ik ken jullie natuurlijk allemaal al een beetje, maar jullie weten misschien nog niet zoveel van elkaar.'

In een mum van tijd stonden er negen stoelen in een kring opgesteld.

'Oké, degene die aan mijn linkerhand zit, begint met iets over zichzelf te vertellen en daarna gaan we het rijtje af,' zei Nancy toen iedereen zat. 'Noem eerst even je naam en je rol in *Grease*, daarna je leeftijd en het land waar je vandaan komt, en vertel vervolgens in welk jaar je zit en welke richting je doet. Tot slot wil ik graag weten wat je favoriete musical is en waarom. Begin maar, Joyce!'

Tijdens het voorstelrondje schreef Melissa van iedereen de antwoorden en een aantal speciale kenmerken op, om haar medespelers zo snel mogelijk te leren kennen. Ook gaf ze met lachende en huilende gezichtjes aan hoe leuk of

stom iemand was en maakte ze hier en daar een korte opmerking tussen haakjes:

<u>Joyce</u> ☹☹: Hoofdrol Betty Rizzo, 16 jaar, Amerika, vierdejaars, richting: musical. Lang bruin haar, wipneus, praat veel en luid, slijmt ontzettend met Nancy en David, vindt zichzelf erg goed. Favoriete musical: 'Grease, omdat ik er nu zelf een hoofdrol in heb.' (Brr!)

<u>David</u> ☺☺☺☺☺: Hoofdrol Danny, 15 jaar, Duitsland, derdejaars, richting: zang – klassiek (huh?!). Zwarte krullen, donkerbruine ogen, leuke kleren, heel knap, aardig, lacht leuk (kuiltjes in wangen). Favoriete musical: 'Cats, omdat ik dol op katten ben.' (Lief!)

<u>Robert</u> ☺☺: Kenickie, Engeland, ook derdejaars, richting: zang – modern. Roodblond kort haar, kleine blauwe ogen, niet knap maar wel heel grappig! Favoriete musical: 'Tarzan, omdat ik een beetje op hem lijk.' (Deze jongen is echt lachen!)

<u>Madeleine</u> ☺: Understudy Joyce/Betty Rizzo, 14 jaar, Zwitserland, tweedejaars, richting: musical. Halflang steil blond haar, erg bleek, beetje saai maar wel aardig. Favoriete musical: 'Grease, omdat er een heleboel mooie liedjes in zitten.' (Ja, hèhè!)

<u>Jonathan</u> ☺☺☺: Understudy David/Danny, 16 jaar, Engeland, vierdejaars, richting: zang – modern. Zwart

kroeshaar, getint, groot en gespierd (mmm), beetje stil, aardig, slim. Favoriete musical: 'Footloose, omdat er heel veel in wordt gedanst en daar houd ik zelf ook heel erg van.' (Laat maar eens zien!)

Francois ☺☺: Understudy Robert/Kenickie, 14 jaar, Frankrijk, tweedejaars, richting: zang - klassiek. Kort bruin haar, grote bruine ogen, bril, niet knap (beetje een nerd) maar wel aardig. Favoriete musical: 'The Sound of Music, ik weet eigenlijk niet waarom.' (Ik ook niet.)

Marie-Claire ☹☹☹☹: Understudy Melissa/Sandy, 13 jaar, Frankrijk, eerstejaars, wil na eerste jaar musicalrichting kiezen. Donkerbruine krulletjes, kleine zwarte kraaloogjes, eigenwijs, denkt dat ze net zo goed wordt als Nancy Lafontaine. Favoriete musical: 'The Lion King, omdat ik altijd moet huilen als de vader van Simba doodgaat.' (Blèèèh!)

'Oké, bedankt!' zei Nancy toen iedereen zichzelf had voorgesteld. 'Nou moet ik natuurlijk ook iets over mezelf vertellen, anders is het niet eerlijk.' Ze zweeg even. 'Drieëndertig jaar geleden ben ik hier in Londen geboren, in een heel arme wijk,' ging ze toen weer verder. 'Toen ik tien was, overleed mijn moeder. Omdat ik de oudste was van vier kinderen, moest ik mijn vader altijd helpen met de huishouding. Elke middag als ik uit school kwam, lagen er een heleboel klusjes op me te wachten: wassen, strijken, afwassen, stofzuigen enzovoort. Omdat ik me daar stierlijk bij verveelde, oefende ik dan altijd heel goed op de liedjes die ik elke week voor het kinderkoor van de kerk moest instuderen. Daardoor gingen mijn zangprestaties met sprongen vooruit. Op een gegeven moment – ik was toen dertien – werd er een grote talentenjacht in de stad gehouden, en die won ik! Het was de tot dan toe gelukkigste dag uit mijn leven. Er verscheen een stuk over mijn optreden in de krant en… ik werd gevraagd om auditie te komen doen voor de MDA! Dat is toen gelukt. Na mijn afstuderen kreeg ik meteen een bijrol aangeboden in een grotere productie. Tja, en toen volgden er meer en daarna ook steeds vaker een hoofdrol…'

'Wat een prachtig verhaal,' verzuchtte Madeleine toen Nancy uitverteld was. 'Als er een film over zou zijn gemaakt, had ik er denk ik bij moeten huilen, vooral bij het eerste gedeelte.'

'Tja, nu ik het zo vertel, lijkt mijn leven een beetje op een sprookje, maar de werkelijkheid was toch vaak heel anders,' antwoordde Nancy. Ze staarde een tijdje zwijgend uit het raam en stond toen op van haar stoel. 'Kom op, jongens, we gaan aan het werk,' zei ze. 'Ik heb er zin in!'

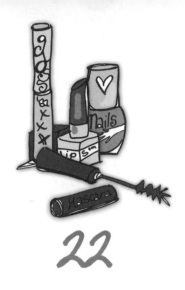

22

Die vrijdagochtend lukte het Melissa bijna niet om op te staan. Ze was doodmoe van de masterclass, omdat ze voortdurend haar uiterste best had gedaan om alle oefeningen die ze had opgekregen zo goed mogelijk te doen. Maar het was niet voor niets geweest. Aan het eind had Nancy Lafontaine tegen haar gezegd dat ze heel tevreden over haar was. Melissa keek nu al weer uit naar de volgende masterclass.

'Hé, Melis, je moet eruit! Over tien minuten moeten we al aan het ontbijt zitten,' riep Lieve plotseling vanaf de andere kant van het gordijn.

'Jeetje, wat klink jij uitgeslapen, zeg!' riep Melissa terug.

'Tuurlijk, vandaag is de laatste schooldag. Morgen begint de herfstvakantie. Daar verheug ik me de hele week al op! Ik was om halfzes al klaarwakker.'

'Wat vroeg! Dat had ik echt niet gekund. Maar het is niet

zo dat ik geen zin heb in de vakantie, hoor. Eindelijk zie ik mijn vriendinnen weer!'

In de uren vanaf het ontbijt tot aan de middagpauze was het net alsof elke les tweemaal zo lang duurde als anders. Het was aldoor onrustig in de klas en er werd dan ook om de haverklap iemand uit gestuurd. Toen om kwart voor één dan eindelijk de bel ging, sprong iedereen meteen op om zo snel mogelijk met inpakken te kunnen beginnen. De eerste lichting zou al om twee uur naar het vliegveld vertrekken.

'Zullen we zo nog even een broodje eten in de kantine?' vroeg Lieve aan Melissa en Samantha terwijl ze de klas uit liepen.

'Ja, goed idee,' antwoordde Samantha. 'Laten we John en Kevin ook meevragen. Dan kunnen we nog afscheid van elkaar nemen.'

Vijf minuten later zaten ze gezellig met zijn vijven aan een tafeltje bij het raam. 'Jeetje, ik ga jullie best missen de komende week,' zei Kevin, terwijl hij door zijn soep roerde en ondertussen naar Melissa keek. 'We zien elkaar zo vaak dat het soms net is alsof we familie van elkaar zijn.'

'We moeten gewoon elke dag afspreken op MSN,' merkte Samantha op, 'net zoals we dat nu met onze "oude" vrienden en vriendinnen doen.'

'Goed idee!' zei Kevin meteen.

'Hmm, daar kan ik dan jammer genoeg niet bij zijn,' zei

Lieve. 'Ik zit de hele vakantie met mijn ouders en mijn zusje in een of ander bergdorpje in Zwitserland, waar ze nog nooit van internet hebben gehoord.'

'Jeetje, wat moet je daar dan de hele dag doen?' vroeg John. 'Ik zou me echt dood vervelen.'

'We gaan bergbeklimmen. Dat is heel cool, hoor!'

'Kev, kun je mij een stukje stokbrood geven?' vroeg Melissa aan Kevin terwijl ze haar hand naar hem uitstak. 'Ik kan er net… Au!' onderbrak ze zichzelf.

Met een boos gezicht keek ze opzij naar Lieve. 'Waarom zat je mij te stompen?' vroeg ze.

'Links van je,' lispelde Lieve terug.

Nieuwsgierig draaide Melissa haar hoofd de andere kant op, en ze keek recht in de donkerbruine ogen van niemand minder dan… David!

'Hoi Melissa,' zei hij, terwijl hij naar haar knipoogde. 'Ik wilde je nog even gedag zeggen voordat je naar Nederland vliegt.'

'O… eh… hartstikke leuk,' hakkelde Melissa terug. 'Ga jij ook naar huis in de vakantie?'

'Ja, maar morgen pas. Ik kon vandaag geen vlucht krijgen.'

'Wat sneu. Enne… ga je deze week nog oefenen voor *Grease*? Ik bedoel, ga je nog leuke dingen doen?'

Hè, wat zit ik toch te stuntelen, dacht Melissa, terwijl ze haar wangen rood voelde worden. Waarom staart iedereen hier aan tafel me ook zo aan? Ze moeten gewoon verder praten als ik even met iemand anders wil kletsen…

'Ja, ik ga elke dag oefenen voor *Grease*, omdat dat moest van Nancy,' antwoordde David, 'en nog een keer ja: ik ga heel veel leuke dingen doen.' Ondertussen zag Melissa vanuit haar ooghoeken dat Kevin opstond van tafel en zonder om te kijken in de richting van de uitgang van de kantine liep. 'Lekker chillen met mijn vrienden, vissen met mijn vader,' babbelde David ondertussen verder, 'winkelen met mijn moeder, uit eten met mijn familie. Dat soort dingen. En jij?'

'Weet ik niet. Of, eh… ja, ik ga ook allemaal leuke dingen doen. Mijn vader en ik gaan shoppen voor ons nieuwe appartement, mijn vriendinnen komen logeren en ik heb twee feestjes.' Het laatste verzon ze er maar bij om een beetje interessanter over te komen.

'Nou, veel plezier dan, en goeie reis! Ik zie je wel weer bij Nancy.'

Nadat David verder was gelopen, bleef het eerst een tijdje muisstil aan Melissa's tafel.

'Dat is toch die jongen die de rol van Danny gaat spelen in de eindejaarsvoorstelling?' vroeg Samantha toen als eerste.

'Klopt,' antwoordde Lieve. 'Volgens mij is hij hartstikke verliefd op je, Melis.'

'En andersom,' vulde John aan.

'Hoe komen jullie erbij!' riep Melissa beledigd uit. Maar terwijl ze dat zei, voelde ze hoe haar wangen langzaam helemaal rood kleurden.

'Hé, waar is Kevin eigenlijk gebleven?' vroeg Samantha toen ineens.

'Tja, wat denk je?' antwoordde John met een veelbetekenende grijns op zijn gezicht. 'Jaloers, natuurlijk!'

23

Tijdens de vlucht van Londen naar Amsterdam zag Melissa de hele tijd het gezicht van David voor zich toen hij haar in de kantine gedag was komen zeggen. Grappig dat John zei dat ik verliefd op hem ben, dacht ze. Dat zag hij goed, want ik begin hem steeds leuker te vinden. Als ze aan hem dacht, voelde ze de hele tijd vlinders in haar buik. Maar zou hij ook verliefd op mij zijn, vroeg ze zich af. Hij knipoogde twee keer naar me toen hij tegen me praatte... Toch vervelend dat Kevin ineens van tafel wegliep en zich daarna helemaal niet meer liet zien. Misschien moet ik maar een keer met hem gaan praten en zeggen dat ik eerst dacht dat ik verliefd op hem was, maar dat het later toch niet zo bleek te zijn. Het zou jammer zijn als onze vriendenclub uit elkaar zou vallen...

Er kwam een stewardess langs, die Melissa op haar schouder klopte. 'We gaan al weer landen,' zei ze glimlachend.

'Wacht je zo meteen samen met de andere Nederlandse leerlingen van je school op mij aan het eind van de gate? Dan lopen we samen naar de bagageruimte voor jullie koffers en lever ik jullie daarna aan jullie ouders af.'

Melissa knikte en keek vervolgens door het raampje naar buiten. Beneden haar zag ze de lichtjes van de plaatsen en de wegen rondom Schiphol langzaam voorbij glijden. Ik ben weer thuis, dacht ze. Heerlijk, een week lang alleen maar Nederlands praten, mijn kamer helemaal voor mezelf, lekker in mijn eentje of samen met papa ontbijten, op de fiets naar mijn vriendinnen...

Een kleine twintig minuten later liepen ze met zijn vieren langs de douane de aankomsthal op Schiphol binnen. 'Nu jullie ouders nog zien te vinden en dan zit mijn taak erop,' zei de stewardess, terwijl ze langzaam langs de rij wachtende mensen liepen die familie of vrienden kwamen ophalen.

'Melissa, ik sta hier!' werd plotseling niet ver van hen vandaan geroepen.

'Ik zie mijn vader al,' zei Melissa, op haar vader wijzend.

'Nou, dan wens ik je een fijne herfstvakantie,' zei de stewardess. 'Tot de volgende keer!'

Terwijl Melissa op haar vader af liep, voelde ze heel even een boos gevoel opkomen over ruim een week geleden, toen hij de dag van de uitslag van haar auditie helemaal vergeten was. Maar toen ze zag hoe blij hij was dat hij haar weer zag, verdween het meteen weer.

'Fijn dat je er bent, lieverd,' zei Melissa's vader tegen zijn dochter, nadat ze elkaar om de hals waren gevlogen. 'Ik heb je heel erg gemist de afgelopen tijd.'

'Ik jou ook,' antwoordde Melissa. 'En dat je mijn auditie vergeten was, heb ik je vergeven, hoor! Gaan we trouwens met de auto of met de trein naar huis?'

'Met de auto.'

'Gelukkig, dan zijn we er lekker snel. Ik ben echt heel benieuwd naar ons nieuwe appartement.'

Zo'n anderhalf uur later parkeerde Melissa's vader recht tegenover de ingang van het grachtenpand, dat Melissa meteen herkende van de brochure die ze op de heenreis in het vliegtuig had bekeken. Terwijl ze vanuit het raampje naar de hoge, statige ramen tuurde, viel haar mond open van verbazing.

'Het lijkt wel een paleis,' verzuchtte ze. 'De eerste verdieping met dat gave balkon is toch van ons?'

'Klopt, dat is van de woonkamer. En dat Franse balkonnetje rechts daarvan is van jouw slaapkamer. Kom, dan gaan we naar binnen!'

Toen Melissa even later door haar vader van vertrek naar vertrek werd geleid, wist ze niet wat ze zag. Door het hele huis lag een prachtige vloer van brede eikenhouten planken, voor de ramen hingen moderne, lichtgekleurde vouwgordijnen en in de plafonds zaten overal kleine spotjes, die een gezellig licht verspreidden.

'En dan komt nu het klapstuk!' zei Melissa's vader, terwijl hij de deur van de badkamer openzwaaide.

Melissa sloeg haar handen voor haar mond toen ze vanuit de deuropening naar binnen keek. De ruimte voor haar leek wel een plaatje uit een tijdschrift, zo mooi zag hij eruit. De wanden en de vloer waren bedekt met prachtig lichtbruin glanzend marmer en behalve een lekker groot bad was er ook een aparte ruime douchecabine met een regendouche. Op de dubbele wastafel stonden verschillende geurtjes, flesjes badolie en andere lekkere toiletspulletjes uitgestald.

'En weet je wat er achter dat houten deurtje zit?' vroeg Melissa's vader toen Melissa zich na vijf minuten nog steeds stond te vergapen.

'Geen idee. Een wc?'

'Nee, daarachter zit… een sauna! Vind je dat niet super?'

'Wow, wat cool! Voor hoeveel personen is hij?'

'Aha, jij wilt er natuurlijk samen met je vriendinnen in. Nou, dat kan, hoor! Er zijn vier bankjes waar je languit op kunt liggen.'

'En zit er ook zo'n bak met gloeiend hete stenen in, waar je steeds water op moet gooien met een grote houten lepel?'

'Tuurlijk, anders was het geen echte sauna.'

'Echt super, pap! Maarre… ik zie dat je ook al handdoeken en zeepjes en zo hebt gekocht. Dat soort spulletjes zouden we deze vakantie toch samen gaan uitzoeken?'

'Ja, dat is waar, maar ik was de afgelopen week nou toch eenmaal in die woonwinkels en toen heb ik meteen maar alles gekocht wat er nodig was. Maar voor jouw kamer heb ik nog niet geshopt, hoor. Laten we daar trouwens nu maar even gaan kijken.'

'Lief dat je mij de grootste slaapkamer hebt gegeven, pap,' zei Melissa even later, terwijl ze met haar rug tegen het hekje van het Franse balkon stond geleund. 'Ik weet al precies hoe ik hem ga inrichten.'

'Ik ben benieuwd! Alles roze zeker?'

'Pff, nee, dat is voor kleine kinderen. Ik wil één rode muur, en verder moet alles wit of zwart zijn.'

'Is dat niet een beetje saai?'

'Nee, dat is juist cool! Ik zie het heel vaak in tijdschriften.'

'Nou ja, we zien wel. Als je morgen bij Ikea rondloopt, zie je vast wel een paar mooie kleurige dingen die je graag wilt hebben. Zullen we trouwens even wat eten? Ik heb trek.'

'Goed idee. Na de lunch op de MDA heb ik helemaal niets meer gehad, behalve een flesje water en een klein doosje pinda's in het vliegtuig.'

24

De volgende ochtend werd Melissa rond een uur of zeven wakker van allerlei onbekende geluiden die van buiten kwamen. 'Wat is dat toch voor herrie,' mopperde ze in zichzelf. 'Het lijkt Londen wel!'

Ze sloeg haar dekbed opzij en liep naar het raam om poolshoogte te nemen. Aan de overkant van de gracht was het een en al bedrijvigheid: overal werden kramen opgebouwd en liepen mensen met kratten koopwaar te sjouwen.

Jeetje, er is hier markt op zaterdag, dacht Melissa. Waarom moeten ze daar nou zo vroeg mee beginnen? Het is weekend!

Omdat uitslapen er niet meer in zat, besloot ze om maar niet meer terug naar bed te gaan.

'Hé, pap! Ben jij ook al wakker geworden van de markt aan de overkant?' vroeg ze, toen ze even later in haar kamerjas de keuken binnenliep en haar vader met de krant voor zich aan tafel zag zitten.

'Ja, een halfuur geleden al,' antwoordde hij geeuwend. 'Dat vertelde de makelaar er niet bij toen hij mij het appartement verkocht. Nou ja, dan hebben we 's zaterdags altijd een lekker lange dag, moet je maar denken. Wil je trouwens een kopje thee?'

'Graag,' antwoordde Melissa, terwijl ze tegenover haar vader aan tafel ging zitten. 'Vandaag gaan we toch shoppen voor mijn nieuwe kamer?' vroeg ze vervolgens.

'Jazeker! Misschien kun jij zo meteen alvast een lijstje maken van dingen die je nodig denkt te hebben?'

'Doe ik. En daarna ga ik de sauna en de regendouche uitproberen!'

Om klokslag negen uur stapte Melissa met natte haren en rozige wangen naast haar vader in de auto. 'Wanneer mogen mijn vriendinnen komen logeren?' vroeg ze, terwijl ze langzaam wegreden. 'Ik mis ze heel erg en wil ze vandaag graag zien.'

'Vandaag en morgen overdag wil ik je nog even voor mezelf houden. Vanaf morgenavond mag je alles doen met je vriendinnen.'

'Super, ik ga ze meteen sms'en!'

Tjonge, we zijn vandaag wel opgeschoten, zeg,' zei Melissa's vader, terwijl hij de laatste schroef in een nieuwe kledingkast draaide.

'Vind ik ook,' antwoordde Melissa. Tevreden keek ze haar

kamer rond. Wat vanochtend nog een kale ruimte was geweest met alleen haar oude bed erin en een grote stapel verhuisdozen, was nu omgetoverd in een coole meidenkamer, die al bijna helemaal af was.

'Nu alleen je nieuwe bureau nog in elkaar zetten en je kledingkast inruimen,' zei haar vader. 'Maar dat doen we morgen. Voor vanavond heb ik een verrassing voor je in petto.'

'Hé, wat leuk, ik ben benieuwd! Wat is het?'

'Ik heb een tafeltje gereserveerd bij de Chinees in ons oude dorp. Dan kunnen we lekker herinneringen ophalen aan al die keren dat we daar zijn geweest. Weet je nog dat we er de laatste keer zaten met je vriendinnen?'

'Ja, dat was hartstikke gezellig!'

'Enne... dan heb ik nog iets voor we vertrekken. Wacht even...'

Melissa's vader liep de kamer uit en was binnen tien seconden weer terug met een groot plat pakket onder zijn arm. 'Kijk, dit is voor jou. Pak maar gauw uit.'

Nadat Melissa het glanzende pakpapier verwijderd had, zag ze dat het een ingelijste foto van haar moeder was. Haar handen trilden helemaal toen ze hem voor zich hield.

'Wat een prachtige foto,' zei ze, nadat ze er een tijdje naar had zitten staren. 'Mama ziet er heel mooi uit en ze kijkt ook heel lief... Wanneer is hij eigenlijk gemaakt? Ik had hem nog nooit eerder gezien.'

Melissa's vader slikte een paar keer voordat hij antwoord

gaf. 'Ik heb hem zelf genomen, op de gelukkigste dag uit ons leven. We hadden net van de dokter te horen gekregen dat jij erbij zou komen en daar hadden we heel lang op ge-wacht...'

De tranen stroomden over Melissa's wangen toen ze dat hoorde. 'Heel erg bedankt, pap,' kon ze met moeite uit-brengen. 'Ik ben er blijer mee dan met al mijn nieuwe spul-letjes bij elkaar.'

Melissa's vader deed zijn mond open om iets terug te zeggen, maar er kwam geen geluid uit. Toen sloeg hij zijn armen om Melissa heen en hield haar nog een hele tijd dicht tegen zich aan.

25

Joehoe, we zijn er!' hoorde Melissa haar vriendinnen de volgende dag tegen een uur of vijf door de brievenbus roepen. Zo snel ze kon rende Melissa naar de gang en zwaaide de voordeur open. 'Wat super dat jullie er zijn!' riep ze enthousiast toen ze Kelly, Doris en Laura naast elkaar op de stoep zag staan.

Nadat ze elkaar hadden omhelsd en alle jassen waren opgehangen, stonden ze elkaar eerst een tijdje onwennig aan te kijken. Het was net alsof ze allemaal zaten te wachten tot een van de anderen weer iets ging zeggen. Vreemd, dacht Melissa, we hebben elkaar de afgelopen weken zo'n beetje iedere dag gesproken op MSN en dat was hartstikke gezellig. Maar nu we elkaar weer in het echt zien, is het net alsof we elkaar weer opnieuw moeten leren kennen!

'Hé Melis, als we hier nog langer blijven staan, schieten

we wortel,' hoorde ze Doris plotseling zeggen. 'Mogen we je nieuwe huis nu bekijken?'

'Ja, want we zijn hartstikke nieuwsgierig!' vulde Laura aan.

'Tuurlijk,' antwoordde Melissa, helemaal opgelucht dat er weer iets werd gezegd. 'Ik ga meteen met de rondleiding beginnen en als jullie alles hebben gezien, gaan we lekker chillen bij de open haard. Mijn vader heeft hem net aangestoken.'

'Is hij er de rest van de avond ook bij?' vroeg Kelly.

'Nee, na het eten gaat hij nog even met een kennis iets drinken in de stad,' antwoordde Melissa.

'Yes, girls, dan zijn we vanavond vrij!' riep Kelly uitgelaten uit. 'Willen jullie nu nog steeds thuisblijven? Dit is wél onze kans om lekker uit te gaan. Ik weet een heleboel…'

O nee, dit wordt ruzie en dat moet ik voorkomen, dacht Melissa. Anders is onze logeerpartij meteen bedorven.

'Nee Kel, jij zou een leuke dvd meenemen,' zei ze beslist. 'Dat hadden we zo afgesproken en dan doen we dat ook. Welke heb je uitgekozen?'

'Eh… *Step Up*.'

Tot Melissa's verbazing hield Kelly vervolgens haar mond en deed ze verder niet moeilijk. Gelukkig maar…

'Wow, Melissa, je woont echt in een droomhuis,' verzuchtte Laura toen ze even later in de badkamer waren aangeland.

'Vind ik ook,' zei Doris. 'Het is nog mooier dan jullie

oude huis in het dorp, en dat was al een paleis.' Terwijl ze dat zei, liet ze haar wijsvinger bewonderend langs de rand van de grote spiegel boven de wastafel glijden.

'Doris, kijk uit! Er loopt bloed langs je pols!' riep Kelly plotseling.

Geschrokken trok Doris haar hand terug om te kijken wat er aan de hand was. 'Gatver, ik heb me aan de spiegel gesneden,' zei ze. 'Ik dacht al dat ik voelde dat er ergens een scherf af was.'

'Doet het pijn?' vroeg Laura bezorgd.

'Een beetje. Heb je een pleister, Melis?'

'Ja, maar ik moet ze even zoeken, wacht maar!'

In het oude huis lag de verbanddoos altijd op de onderste plank van de linnenkast in papa's slaapkamer, herinnerde Melissa zich. Hopelijk lag hij daar nu ook weer.

Gelukkig, de doos lag er. Terwijl Melissa checkte of er inderdaad pleisters in de verbanddoos zaten, werd haar oog plotseling getrokken door een glimmende rode beautycase, die naast een stapeltje handdoeken stond op de tweede plank van boven. Dat is vast papa's cadeau voor mijn hoofdrol in de eindejaarsvoorstelling, schoot onmiddellijk door Melissa heen. Lief dat hij daaraan heeft gedacht… Ze deed de kastdeur snel weer dicht en liep terug naar de badkamer.

26

'Do, hoe gaat het nou met je vinger?' vroeg Melissa toen ze voor de tv zaten.

'Goed. Geen pijn, niks,' antwoordde Doris.

'Fijn. Hé, girls, ik moet even naar de wc,' zei Melissa. 'Kijken jullie maar gewoon door, ik ben zo terug.'

Nadat ze de kamerdeur achter zich had dichtgedaan, liep ze regelrecht naar de slaapkamer van haar vader. Eigenlijk vond ze het heel flauw van zichzelf dat ze haar vaders cadeau stiekem ging bekijken, maar ze kon het gewoon niet laten. De beautycase zag er echt top uit!

Met trillende vingers tilde ze hem even later uit de kast en zette hem op het bed. 'Wow, hij is nog mooier dan ik net dacht,' mompelde ze half hardop. 'Even kijken of er misschien nog een extra cadeautje in zit. Hij voelde best zwaar aan.'

Melissa drukte op de gouden sluiting, waarna het deksel

vanzelf omhoogging. Nieuwsgierig boog ze zich voorover. 'Jeetje, wat is dit…' mompelde ze zachtjes voor zich uit toen ze een vieze kam, verscheidene halflege nagellakflesjes en allerlei andere gebruikte make-updingetjes aantrof. Maar… dit is helemaal geen cadeau voor mij, stelde ze verbijsterd vast. Het is de beautycase van iemand anders! Maar van wie?

Melissa liet zich op haar vaders bed zakken en dacht diep na. Plotseling voelde ze haar hart sneller kloppen. Papa zou toch geen vriendin hebben? Ze werd bijna misselijk van het idee alleen al. Ze klapte de beautycase snel weer dicht en zette hem terug in de linnenkast. Daarna waste ze haar handen in de badkamer en liep op een holletje weer terug naar de woonkamer.

Wat moet ik nou doen, vroeg Melissa zich vertwijfeld af toen ze haar oude plaatsje op de bank weer had ingenomen. Zal ik de dvd stopzetten en aan mijn vriendinnen vertellen wat ik net heb ontdekt? Of kan ik beter wachten tot papa weer thuis is en dan eerst aan hem vragen hoe het zit met die beautycase?

Na lang wikken en wegen besloot ze het laatste maar te doen. Misschien was de beautycase wel van tante Leny en had ze hem per ongeluk achtergelaten toen ze had geholpen met het schoonmaken van het oude huis. Naarmate het einde van de film dichterbij kwam, begon Melissa daar steeds meer in te geloven. Haar vader kon onmogelijk een

vriendin hebben. Had hij Melissa een paar maanden geleden in het vliegtuig naar Londen niet gezegd dat een nieuwe vrouw voor hem nog lang niet aan de orde was? En had
hij gisteren, toen hij Melissa de ingelijste foto van haar
moeder gaf, niet bijna staan huilen? Dat was toch nooit gebeurd als er iemand anders in zijn leven was?

'Hé Melissa, lig je te slapen of zo?' toeterde Kelly plotseling in Melissa's oor.

'Huh, hoezo?'

'De film is toch afgelopen?'

'O… ja, natuurlijk.'

De rest van de avond schoot de rode beautycase regel-
matig door Melissa's gedachten, maar het plezier met haar
vriendinnen werd er gelukkig niet door bedorven. Toen ze
de tv hadden uitgezet, maakten ze eerst een schaal met
toastjes en gevulde eieren soldaat. Daarna wijdden ze de
sauna in en vervolgens gingen ze met zijn allen in hun py-
jama's in Melissa's nieuwe tweepersoonsbed liggen, waar ze
tot diep in de nacht met elkaar lagen te kletsen over van
alles wat er in de afgelopen zes weken was gebeurd. Melissa vertelde allerlei dingen over het leven op de MDA en de
nieuwe vrienden die ze daar had gemaakt. Doris en Laura
wisselden de laatste roddels over hun oude klasgenoten uit
en Kelly legde tot in detail uit hoe je met een jongen moest
flirten, hoe je moest zoenen en hoe je een verkering moest
uitmaken.

Ver na tweeën besloten ze eindelijk te gaan slapen. Nog geen tien minuten later hoorde Melissa aan de rustige ademhaling van haar vriendinnen dat ze alle drie al onder zeil waren. Maar zelf lag ze nog een hele tijd met grote, wijd open ogen naar het plafond te staren. Ze had vanavond best veel lol gemaakt met haar vriendinnen, en toch had ze soms het gevoel gehad dat ze van hen was vervreemd. Kelly kon over echt niets anders meer praten dan over jongens en uitgaan, en vond iedereen maar stom die dat niet deed. Doris en vooral Laura waren juist doorgeschoten naar de brave kant. Vroeger zou Melissa zoiets als van die beautycase meteen met haar vriendinnen hebben gedeeld, maar nu…

Vlak voordat Melissa in slaap viel, hoorde ze de eerste vogeltjes al weer fluiten.

27

'Goodbye, girls! Ik zal jullie missen,' zei Melissa tegen haar vriendinnen toen ze de volgende dag tegen een uur of vijf weer op hun fiets stapten om naar huis te gaan.

'Wij jou ook,' zei Doris, 'maar gelukkig ben je de hele week nog in Nederland.'

'Ja, zeg dat wel,' zei Melissa. 'Wanneer zullen we nog een keertje samen afspreken?' vroeg ze, terwijl ze haar vriendinnen een voor een aankeek. 'Ik kan de hele week, maar ik moet wel elke dag een uurtje of twee zangoefeningen doen voor mijn hoofdrol.'

'Ik kan alle dagen behalve donderdag,' antwoordde Doris. 'Dan ga ik met mijn ouders en mijn broer de hele dag wandelen.'

'Wat erg!' zei Kelly met een vies gezicht.

'Hoezo?' reageerde Doris boos. 'Jij vindt altijd alles stom wat ik doe.'

Kelly haalde haar schouders op en reageerde verder niet op wat Doris had gezegd. 'Ik heb de hele vakantie niets,' zei ze toen. 'En jij, Laura?'

'Ik ga bij mijn oma logeren, maar ik weet nog niet op welke dagen. Ik bel haar wel even als ik straks thuis ben.'

'Pff, ook al zo saai!' zei Kelly.

Niemand reageerde. 'Vanavond komen we allemaal om halfnegen op MSN,' besliste Doris nadat het een tijdje stil was geweest, 'en dan spreken we weer iets af, oké?'

Nadat Melissa haar vriendinnen had uitgezwaaid, liep ze met een enigszins vervelend gevoel weer naar binnen. Had ze echt wel zoveel zin om nog een keer met alle vriendinnen tegelijk af te spreken? Er waren vandaag voortdurend allerlei kleine ruzietjes geweest tussen Kelly aan de ene kant en Doris en Laura aan de andere. Melissa had telkens het gevoel gehad dat ze moest bemiddelen.

'En… was het leuk met je vriendinnen?' vroeg Melissa's vader toen Melissa de keuken binnenliep.

'Ja, best wel. Waarschijnlijk spreken we deze week nog wel een keertje af.'

'Leuk! Weet je al wanneer? Ik wil namelijk ook nog graag een dagje opeisen om met jou naar tante Leny te gaan. We moeten haar nodig weer eens opzoeken.'

De rode beautycase, schoot het plotseling door Melissa's hoofd. Nu kan ik meteen uitzoeken of die wel van haar is!

'Goed idee,' zei ze met een gezicht alsof er niets aan de

hand was. 'Dan kunnen we haar meteen haar beautycase teruggeven.'

'Eh… hoe bedoel je?'

Melissa voelde dat haar hart begon te bonzen. Hij is van iemand anders, stelde ze in gedachten vast; anders had papa meteen 'ja' gezegd.

'Nou, tante Leny heeft jou toch geholpen ons oude huis schoon te maken?' vroeg ze door, zonder dat ze iets liet merken.

'Volgens mij vergis je je,' antwoordde haar vader. 'Ik heb haar al minstens een halfjaar niet meer gezien.'

Met grote ogen staarde Melissa haar vader aan. Ze zag aan zijn gezicht dat hij wist wat ze zojuist had ontdekt.

'Ik moet je iets vertellen, Melissa,' zei hij, nadat hij eerst uitvoerig zijn keel had geschraapt. Vreemd, het was net alsof zijn stem van heel ver kwam. 'Ik heb sinds een tijdje een vriendin. Die rode beautycase is van haar…'

Melissa's oren begonnen te suizen. Heel even had ze het gevoel dat ze zou flauwvallen, maar meteen daarna herstelde ze zich weer. Met wijd opengesperde ogen keek ze haar vader aan. 'Het is dus toch waar,' zei ze.

'Ze heet Carmen en ze is heel aardig,' antwoordde haar vader.

'Hoe lang ken je haar al?' vroeg Melissa boos.

'Nog niet zo lang. Carmen is de binnenhuisarchitect die ik had ingehuurd voor ons nieuwe appartement.'

Melissa was verbijsterd toen ze dat hoorde. Het duurde minstens een halve minuut voordat ze in staat was te reageren op wat haar vader zojuist had gezegd. 'O. Zij is dus degene die heeft bedacht dat die lelijke vouwgordijnen hier hangen?' zei ze, trillend van boosheid.

'Dat is flauw om te zeggen,' antwoordde haar vader. 'Tot vijf minuten geleden vond je alles hier in huis nog heel mooi.'

'Niet waar, ik vind de hele inrichting spuuglelijk! Waren we hier maar nooit naartoe gegaan. Ons oude huis was veel gezelliger. En dat niet alleen! Het was ook nog eens een beetje van mama en dit hier is van die Carmen van jou!'

'Melissa, liefje, ik begrijp...' begon Melissa's vader voorzichtig.

'Niet waar, je begrijpt helemaal niets!' onderbrak Melissa hem woedend. 'Ik wil er niets meer over horen, en er al helemaal niets mee te maken hebben!'

Meteen draaide ze zich om en sloeg de kamerdeur met een keiharde klap achter zich dicht. Eenmaal op haar kamer draaide ze de deur op slot en liet zich toen snikkend voorover op haar bed vallen...

28

Zo'n drie kwartier later hoorde Melissa haar vader vanuit de keuken roepen dat het eten klaar was. Maar omdat ze geen zin had om te reageren, zei ze niets. Ze bleef gewoon in haar tijdschrift lezen.

'Kom je nou aan tafel?' klonk zijn stem even later vlak achter haar kamerdeur. 'Ik wil graag met je praten over wat er net is gebeurd.'

'Nee, ik kom niet,' antwoordde ze. 'Er valt helemaal niets te praten, en ik heb ook geen trek.'

'Kom op, Melissa, doe niet zo flauw. Wil je soms dat ik de deur openmaak met een schroevendraaier?' Melissa wist dat hij ertoe in staat was; in het oude huis was dat al minstens drie keer gebeurd.

Met een stuurs gezicht zat ze even later tegenover haar vader aan tafel.

'Wil je niet iets eten?' vroeg hij, toen ze geen aanstalten maakte om op te scheppen.

'Nee.'

'Oké, dan moet je het zelf maar weten.'

Het bleef een hele tijd stil. Alleen het gekras van het bestek op het bord van Melissa's vader was te horen.

Melissa staarde ondertussen naar haar eigen bord. Vreemd, het was net alsof ze ineens het gezicht van haar moeder op het ronde witte vlak zag verschijnen. Terwijl ze lachte, bewogen haar lippen. 'Zet 'm op, Melissa!' zei ze. 'Je bent mijn superkind!' Meteen daarna verdween ze weer.

'Luister je wel naar wat ik zeg?' hoorde Melissa haar vader vragen.

'Eh… nee. Ik zat na te denken.'

'Ik zei net dat ik heel goed begrijp dat je eraan moet wennen dat ik een vriendin heb. Maar je moeder is nu al drie jaar dood. Ik vind het heel fijn om weer met iemand samen te zijn.'

Hoe kon hij zoiets zeggen? Melissa kreeg zin om haar bord op te pakken en het de keuken door te smijten, recht tegen de kastjes aan die die vreselijke Carmen ongetwijfeld had uitgezocht. Maar ze hield zich in. Haar vader zou woedend worden als ze het deed.

'Dat van dat samen-zijn snap ik niet,' zei ze toen. 'Je hebt mij toch? En trouwens… toen we laatst in het vliegtuig naar Londen zaten, heb je zelf gezegd dat je nog geen nieuwe vrouw wilde.'

'Misschien is het een goed idee als je Carmen een keer

ontmoet. Wie weet denk je dan wel heel anders over haar. Ze is echt ontzettend aardig en ze wil jou graag leren kennen.'

Zeker weten dat ik haar nooit zal mogen, dacht Melissa grimmig. Als ze me één keer heeft ontmoet, wil ze dat beslist niet nog eens. Daar zorg ik wel voor!

'Wat mij betreft vrijdagavond, dan heeft Carmen meestal geen afspraken,' ging haar vader verder. 'Dan reserveer ik wel een tafeltje in een leuk restaurant. Italiaans?'

Melissa gaf geen antwoord. Ze haalde alleen haar schouders op.

Nadat Melissa de tafel had afgeruimd, verdween ze onmiddellijk weer naar haar kamer. Even kijken of de vriendinnenclub al op MSN zat. Ze wilde niets liever dan haar verhaal kwijt. Maar niemand was online… En haar vrienden uit Londen, kon ze die dan niet proberen te bereiken? In gedachten liep Melissa het hele rijtje af. Lieve bellen of sms'en had geen zin. Ze had gezegd dat ze haar telefoon uit zou zetten, omdat ze in de bergen toch geen bereik had. En Kevin? Onmogelijk. Die wilde misschien niets meer met haar te maken hebben nu hij erachter was gekomen dat ze helemaal weg was van David. Bovendien had ze net iets te weinig met hem om over dit soort dingen te praten – net als met Samantha en John trouwens. David ten slotte viel sowieso af. Iemand op wie je verliefd was, viel je niet lastig met je problemen; dan kon je het gelijk wel vergeten.

Uiteindelijk besloot Melissa om dan maar wat zangoefeningen te doen. Maar tien minuten later zat ze nog steeds achter haar bureau. Ze kon zich er niet toe zetten om op te staan…

29

Nadat Melissa eerst een hele tijd voor zich uit had zitten staren, besloot ze om toch maar weer te gaan computeren. Het leek eindeloos te duren voordat het halfnegen was en Kelly zich als eerste van de vriendinnenclub op MSN aanmeldde.

Melissa <3 Londen zegt:

Hey Kels! Fijn dat je er eindelijk bent!! ☺☺☺ Ik heb uuuuren zitten wachten.

Kelly ☺ I'm hot, you're not! zegt:

Hoezo? We hadden toch gewoon om halfnegen afgesproken?

Melissa <3 Londen zegt:

Ja, maar ik zit al vanaf zeven uur achter mijn computer.

Als Door en Lau er ook zijn, ga ik trouwens iets vertellen.

Kelly ☺ I'm hot, you're not! zegt:

Wat dan? Heeft je lover je gebeld? Hoe heette hij ook al weer?

Melissa <3 Londen zegt:

David ☺☺. Nee, het is iets anders.

Doris ☺ Ik ben een shopaholic! zegt:

Hallo daar, ik ben er!

Laura ☺ Love me baby zegt:

Ik ook!

Kelly ☺ I'm hot, you're not! zegt:

Gelukkig! Melissa heeft een nieuwtje en dat gaat ze ons nu vertellen!!

Melissa <3 Londen zegt:

Hou je vast, girls. Mijn vader heeft een vriendin!!!!! ☹☹☹☹

Kelly ☺ I'm hot, you're not! zegt:

Wat zeg je nou?

Doris ☺ Ik ben een shopaholic! zegt:

Zei hij dat toen wij net weg waren?

Melissa <3 Londen zegt:

Ja. Ik had haar beautycase gevonden in een kast en toen moest hij het wel bekennen. Ik ben echt heel boos! Hij had mij beloofd dat hij nog lang geen vriendin zou nemen. ☹☹☹☹

Doris ☺ Ik ben een shopaholic! zegt:

Vreselijk!! ☹☹☹ Heb je haar al ontmoet?

Melissa <3 Londen zegt:

Nee, dat gaat vrijdagavond gebeuren. Ze wil mij graag leren kennen, hahaha!

Kelly ☺ I'm hot, you're not! zegt:

Je moet gewoon altijd heel stom tegen haar doen, dan gaat het vast snel uit.

Melissa <3 Londen zegt:

Ga ik ook doen. Maar er is nog iets heel ergs: ze was de binnenhuisarchitect van ons nieuwe appartement. Dat heeft ze dus helemaal ingericht!!

Kelly ☺ I'm hot, you're not! zegt:

Nee!! Jouw kamer ook?

Melissa <3 Londen zegt:

Gelukkig niet. Anders was ik echt meteen weggelopen.

Doris ☺ Ik ben een shopaholic! zegt:

Slaap bij mij als zij er is!

Kelly ☺ I'm hot, you're not! zegt:

Ja, bij mij mag je ook altijd komen.

Laura ☺ Love me baby zegt:

Als je je rot voelt, kun je me altijd bellen, hoor!

Melissa <3 Londen zegt:

Oké, super. Ik moet alleen ook nog naar mijn tante in Amsterdam en dat is misschien morgen al. Ik sms wel als ik het niet meer uithoud…

Pas tegen elven die avond sloot Melissa haar laptop weer af. Haar vader was nog een paar keer langsgekomen om te vragen of ze een kopje thee kwam drinken in de woonkamer, maar dat had ze elke keer geweigerd. Aan zijn gezicht was goed te zien geweest dat hij het heel erg vond dat ze zo bot deed. Maar dat kon Melissa niets schelen. Net goed, dacht ze. Ik voel me ook rot en dan nog tien keer erger dan hij.

30

Het was vrijdagavond, zeven uur. Nog een halfuur en dan zou Melissa de vriendin van haar vader voor het eerst ontmoeten. Ik ben benieuwd hoe ze eruitziet, dacht ze, terwijl ze voor de spiegel stond en een extra laagje mascara op haar wimpers aanbracht. Vast heel lelijk...

'Melissa, ben je zover?' hoorde ze haar vader vanuit de hal roepen.

'Ja, ik kom eraan!' Melissa pakte haar nieuwe winterjas van haar bed en checkte nog even in de spiegel of hij nog steeds net zo cool stond als vanochtend in de winkel, vlak voordat ze hem kocht. Yes, helemaal goed, net als de rest van haar uiterlijk. Juist vanavond vond Melissa het heel belangrijk om er goed uit te zien. Het maakte dat ze zich sterk voelde tegenover Carmen. Die dacht natuurlijk dat er zo meteen een klein, verlegen muisje tegenover haar zou zitten, dat het allemaal maar prima vond wat haar vader deed. Nou, vergeet het maar! Met een gevoel alsof ze een bokswedstrijd ging spelen draaide Melissa zich om, knipte het licht in haar kamer uit en liep toen snel naar de voordeur, waar haar vader ongeduldig stond te wachten.

'Doe je straks wel een beetje aardig tegen Carmen?' vroeg hij toen ze de gracht afliepen naar het Italiaanse restaurant.

'Waarom zou ik vervelend tegen haar doen?' antwoordde Melissa venijnig.

'Nou, omdat je deze hele week goed duidelijk hebt gemaakt dat je het maar niks vindt dat ik een vriendin heb. Je hebt nauwelijks tegen me gepraat. Vanavond wil ik het graag leuk hebben, afgesproken?'

Melissa antwoordde niet en stak haar handen diep in haar zakken.

Toen ze even later door een ober naar hun tafeltje werden gebracht, bleek Carmen er al te zitten. Ze zag er heel anders uit dan Melissa had verwacht. Niet blond, in dure merkkleding gestoken en minstens tien jaar jonger dan haar vader, maar een kleine, tengere vrouw in een eenvoudig zwart jurkje, met halflang donkerbruin haar dat al een beetje grijs werd bij de slapen. Melissa moest bekennen dat ze haar stiekem best leuk vond om te zien.

Zodra Carmen Melissa en haar vader in het oog kreeg, stond ze op en gaf ze Melissa een hand. 'Hallo, ik ben Carmen, leuk je te ontmoeten,' zei ze spontaan. 'Hier is een welkomstcadeautje voor jou!' Ze haalde een in glimmend paars papier verpakt doosje achter haar rug vandaan en gaf het aan Melissa.

Verwachtingsvol keek ze toe hoe die eerst het lintje en daarna het pakpapier verwijderde. 'Ik hoop dat je ervan houdt,' zei ze halverwege.

'Hé, Flowerbomb van Viktor & Rolf,' zei Melissa zo koel mogelijk toen ze het cadeautje helemaal had uitgepakt. 'Dank je wel.' Ze probeert me om te kopen, dacht ze ondertussen. Wat een belachelijk duur cadeau. Zo'n flesje kost minstens vijftig euro…

'Nou, dat is echt heel aardig van je, Carretje!' zei haar vader toen. Hij trok zijn vriendin naar zich toe en gaf haar een kus op haar mond.

Melissa werd bijna misselijk toen ze het zag. Bah, waarom doet hij zo klef waar ik bij ben? Als het nog een keer gebeurt, ga ik naar de wc en kom ik niet meer terug.

'En, hoe bevalt het nieuwe appartement?' vroeg Carmen aan Melissa nadat ze waren gaan zitten. 'Voel je je er al een beetje thuis?'

'Het is heel anders ingericht dan ons vorige huis. Dat had mijn moeder nog gedaan.'

'Ja, het is natuurlijk een hele verandering. Wel fijn dat je zo'n mooie foto van haar hebt gekregen om boven je bed te hangen.'

Melissa reageerde niet. Doe maar net alsof je snapt hoe het is om geen moeder meer te hebben, zei ze in gedachten tegen Carmen. Dat had je alleen gekund als jou vroeger hetzelfde was overkomen als mij, en dat is niet zo. Ze draaide haar gezicht naar de muur naast haar, en begon het schoolbord te bestuderen waarop de gerechten stonden vermeld die je buiten de kaart om kon bestellen. Vanuit haar ooghoeken zag ze dat Carmen en haar vader elkaar even veelbetekenend aankeken. Vervolgens bleef het een hele tijd stil. Pas nadat de ober de bestelling had opgenomen, kwam het gesprek weer een beetje op gang.

'Je vader vertelde me dat je sinds kort op een soort muziekinternaat in Londen zit,' begon Carmen.

'Klopt,' antwoordde Melissa stug.

'Hoe ben je er eigenlijk terechtgekomen?'

'Via een talentscout.'

Melissa boog zich naar haar tas op de stoel naast haar, pakte haar mobieltje eruit en checkte vervolgens uitgebreid of ze nog nieuwe berichten had.

'Nou, Melissa, volgens mij valt er nog wel iets meer over te vertellen,' merkte haar vader geïrriteerd op.

'Ja, dat is ook zo. Doe maar.'

'Nee, als jij die moeite zelf niet wilt opbrengen, laat het dan maar zitten.'

De rest van het etentje werd er weinig meer gezegd, afgezien van een enkele opmerking van Carmen en Melissa's vader over het eten. Even na negenen stonden Melissa en haar vader alweer in de gang van hun appartement…

31

Nadat Melissa haar jas aan de kapstok had opgehangen, liep ze met een tevreden gevoel naar de woonkamer. Carmen had gelukkig goed begrepen dat ze maar beter nog een paar jaartjes kon wachten op haar nieuwe vriend.

'Zullen we de open haard aansteken?' vroeg ze aan haar vader, die bezig was de lampen aan te doen.

Als door een wesp gestoken draaide hij zich om.

'Pardon?' vroeg hij, terwijl hij Melissa met boze ogen aankeek. 'Hoe durf je dat te vragen? Ik wil je hier vanavond niet eens meer zien. Je hebt je schandalig gedragen tegenover Carmen. Echt als een klein kind, ik schaam me voor je.'

Melissa was volkomen overdonderd. In plaats van partij te kiezen voor zijn eigen dochter, nam haar vader het op voor een vrouw die hij hooguit een paar maanden kende! Ze voelde langzaam een enorme woede omhoogkomen. Op het hoogtepunt barstte ze los.

'Het is belachelijk dat je een vriendin hebt!' riep ze uit. 'Je bent mama gewoon vergeten! En voor mij is het ook niet leuk! Toen mama doodging, had ik nog maar een half gezin over, en nu is dat ook al weg. Je moet er helemaal voor mij zijn. Dat hoort gewoon zo!'

Toen Melissa uitgeraasd was, stond haar vader op en liep naar het raam, waar hij zwijgend over de gracht keek. Pas na enkele minuten draaide hij zich weer om. 'Lieve Melissa,' sprak hij zijn dochter toe, streng en ernstig tegelijk. 'Ik begrijp heel goed dat je het moeilijk vindt dat er ineens een nieuwe vrouw in mijn leven is. Je hebt me drie jaar voor jezelf alleen gehad. Maar je zult toch moeten wennen aan de nieuwe situatie. Carmen maakt me heel gelukkig en ik laat haar niet meer los, ook niet als jij dat probeert tegen te houden.'

'Pff,' reageerde Melissa beledigd. 'Kies maar lekker voor haar als je dat zo graag wilt. Als je maar weet dat ik het er niet mee eens ben, nu niet en over een tijdje ook niet!' Na die woorden sprong ze op van de bank en liep zonder verder nog iets te zeggen de kamer uit.

Eenmaal op haar eigen kamer merkte Melissa dat ze over haar hele lijf stond te trillen. Ze schoof haar bureaustoel onder haar bureau vandaan en liet zich er langzaam op zakken. Minutenlang staarde ze voor zich uit, zonder na te denken. Maar toen ineens herinnerde ze zich het geurtje weer. De woede die ze zojuist in de woonkamer had gevoeld, kwam weer in alle hevigheid terug. Weg ermee, besloot ze ter plekke. Ze sprong op, pakte haar tas en griste Carmens cadeau eruit. Daarna opende ze haar balkondeur en keilde het flesje met alle kracht die ze in zich had de gracht in…

Toen ze weer een beetje tot rust was gekomen, zette ze haar computer aan.

Melissa <3 Londen zegt:

Hé Doortje, je bent er gelukkig! ☺☺

Doris ☺ Ik ben een shopaholic! zegt:

Tuurlijk! ☺

Melissa <3 Londen zegt:

Ik heb zo'n zure avond!

Doris ☺ Ik ben een shopaholic! zegt:

Wat is er gebeurd?

Melissa <3 Londen zegt:

Ik heb die achterlijke vriendin van mijn vader gezien.

Doris ☺ Ik ben een shopaholic! zegt:

Hoe ziet ze er eigenlijk uit?

Melissa <3 Londen zegt:

Heel lelijk. Haar kleren sloegen echt nergens op. Ze lijkt net een hippie. En haar haar wordt al grijs.

Doris ☺ Ik ben een shopaholic! zegt:

Brr! Denk je dat het nog lang aanblijft tussen hen?

Melissa <3 Londen zegt:

Denk het wel. ☹☹☹☹ Mijn vader zegt dat hij haar niet meer kan missen. Blèèèèh!

Doris ☺ Ik ben een shopaholic! zegt:

Wat zuur voor je. ☹☹

Melissa <3 Londen zegt:

Dank je. Ik had vanavond zangoefeningen moeten doen, maar ik heb er gewoon geen zin in.

Doris ☺ Ik ben een shopaholic! zegt:

Je moet wel studeren, hoor! Anders word je niet beroemd!! Maarre… kom je nu nog wel weer eens naar Nederland?

Melissa <3 Londen zegt:

Ja, hoor. Kan ik dan wel vaak bij jou logeren? Want ik heb natuurlijk geen zin om aldoor bij die twee tortelduifjes te zitten!

Doris ☺ Ik ben een shopaholic! zegt:

Tuurlijk, superleuk!! ☺☺☺☺

Melissa <3 Londen zegt:

Heb jij verder nog iets leuks gedaan in de vakantie?

Doris ☺ Ik ben een shopaholic! zegt:

Nee, niet echt. Ik heb geshopt en gewandeld met mijn ouders en mijn broer.

Melissa <3 Londen zegt:

Zullen we morgen een afscheidsavondje doen met z'n allen? Bij jou thuis? Ik ga zondag weer terug naar Londen.

Doris ☺ Ik ben een shopaholic! zegt:

Doen we. We bellen! ☺☺☺

Melissa <3 Londen zegt:

Doeidoei! Xxx

Doris ☺ Ik ben een shopaholic! zegt:

Kus!

32

Die zondagavond stapte Melissa met een dubbel gevoel over de drempel van de MDA. Aan de ene kant verheugde ze zich er enorm op om haar Londense vrienden en vriendinnen weer te zien, maar aan de andere kant voelde ze zich verdrietig en boos. Vanaf nu had ze haar vader niet meer helemaal voor zichzelf, en daar leek ook niet snel verandering in te zullen komen. Toen ze vanmiddag op Schiphol tegen hem had gezegd dat ze Carmen nooit zou accepteren, hadden ze vreselijke ruzie gekregen…

Helemaal in gedachten verzonken liep Melissa even later de gangen door, op weg naar haar kamer.

'Hé Melissa, je bent er!' werd plotseling enthousiast achter haar geroepen. Een beetje verdwaasd keek Melissa achterom. 'Lieve, wat fijn om je weer te zien!' riep ze toen, ineens weer helemaal helder. Ze liet haar tas op de grond vallen en rende naar haar vriendin toe. 'Ik heb je heel veel

te vertellen,' zei ze, nadat ze elkaar om de hals waren gevlogen.

'Ik jou ook!' zei Lieve. 'Ik heb allemaal lekkere dingen
meegenomen uit België: bonbons, koekjes, kaas en nog
veel meer!'

Even later zaten ze gezellig met zijn tweetjes op een van
hun rode bankjes, met een doos bonbons tussen hen in.

'Wie begint?' vroeg Lieve.

'Jij. Hoe was het bergbeklimmen in Zwitserland?'

'Hartstikke leuk! Het was echt supercool om op drieduizend meter hoogte aan een touw aan een bergwand te hangen.'

'Brr, het lijkt mij doodeng,' zei Melissa. 'Maar wat deed je
als je weer terug was in jullie huisje? Er was daar toch geen
internet?'

'We waren er alleen 's avonds. Dan gingen we eerst koken, vervolgens eten en daarna slapen!' antwoordde Lieve
lachend. 'Je wordt echt hartstikke moe van dat klimmen.
Maar ik heb er wel een superconditie van gekregen.'

Ze pakte een bonbon en stopte hem in haar mond. 'En nu
jij,' zei ze toen tegen haar vriendin. 'Hoe was jouw vakantie?'

'In het begin was het allemaal heel leuk,' begon Melissa.
'De eerste dag ging ik met mijn vader naar Ikea om spullen voor mijn kamer in ons nieuwe appartement te kopen
en de tweede dag kwamen mijn vriendinnen Doris, Kelly
en Laura logeren. Maar toen vond ik heel toevallig een

coole beautycase in een kast op mijn vaders slaapkamer. Eerst dacht ik dat het een cadeau voor mij was, omdat ik een hoofdrol in *Grease* had gekregen. En daarna dacht ik dat mijn tante hem was vergeten, toen ze bij mijn vader had gelogeerd om hem te helpen ons oude huis schoon te maken. Maar dat was allemaal niet waar... Hij was van mijn vaders vriendin!'

'Maar... hij had toch niemand?' vroeg Lieve verbaasd.

'Eerst niet, maar nu dus wel,' antwoordde Melissa. Haar stem trilde toen ze dat zei.

Lieve keek haar vriendin onderzoekend aan. 'Je vindt het niet leuk, hè?' vroeg ze toen.

Melissa barstte in snikken uit. 'Nee!' kon ze nog net uitbrengen.

Lieve legde troostend haar hand op Melissa's schouder.

'Wat rot voor je,' zei ze zachtjes. 'Die vriendin is zeker heel stom?'

'Klopt. Ze pikt mijn vader van me af.'

'Belachelijk. Wat ga je nu doen?'

'Ik weet het niet... Niets, denk ik. Ik heb al geprobeerd om haar weg te krijgen, maar dat is niet gelukt. Mijn vader heeft gezegd dat hij haar nooit meer kwijt wil.'

Plotseling werd er hard op de deur geklopt. 'Joehoe, girls, waar verstoppen jullie je?' hoorden ze John vragen. 'Kevin nodigt jullie uit voor een klein welkomstfeestje op zijn kamer. Sam komt ook!'

Verschrikt keken de twee vriendinnen elkaar aan. 'Zal ik zeggen dat we er over een kwartiertje of zo aankomen, of wil je liever dat we hier blijven?' vroeg Lieve toen zachtjes.

'Eh… laten we er maar even naartoe gaan,' antwoordde Melissa. 'Ik heb er eigenlijk geen zin in, maar het is ook wel weer leuk om iedereen te zien.'

33

De volgende dag was Melissa al vroeg aanwezig in het lokaal waar het tweede gedeelte van de masterclass van Nancy Lafontaine zou plaatsvinden. Nu er nog geen andere hoofdrolspelers en understudies waren, kon ze even ongestoord inzingen. Dat was wel nodig na een hele week nietsdoen. Het was er niet van gekomen om de zangoefeningen te doen die Nancy Lafontaine had opgegeven. Elke keer dat ze eraan had willen beginnen, had ze het weer uitgesteld, omdat ze er dan toch geen zin in had.

Nog geen tien minuten later merkte Melissa de gevolgen al. Haar keel begon zeer te doen. Vervelend, de dag was nog maar net begonnen…

'Ha Melissa!' schalde de stem van David plotseling door het lokaal. 'Ik hoopte al dat je hier wat eerder zou zijn. Hoe gaat het?'

Verschrikt draaide Melissa zich om. 'Hé, ben jij het?' zei

ze. 'Het gaat, eh... prima! En met jou?' Waarom klonk haar stem nou zo koel en ongeïnteresseerd? Zo wilde ze nou juist niet op hem overkomen. Vreemd, het was net alsof haar verliefdheid ineens over was...

De masterclass begon even later heel gezellig met een kringgesprek, waarin iedereen kort mocht vertellen wat hij of zij in de vakantie allemaal had gedaan. Maar daarna ging het er een stuk pittiger aan toe. Alle deelnemers aan de masterclass moesten ieder apart in een zangstudio twee stukken instuderen: iets moderns en iets klassieks. Melissa besloot met het eerste te beginnen, omdat ze dat waarschijnlijk makkelijk zou kunnen zingen. Nancy had haar een musicalliedje opgegeven dat ze kende en dat haar ook nog eens goed lag. Toen ze het met de koptelefoon op tweemaal met de cd had meegezongen, was het voor haar gevoel al helemaal zoals het wezen moest. Maar toen kwam het klassieke stuk dat ze had meegekregen. Het was niet supermoeilijk, maar er zaten wel een paar lastige loopjes in. Nu ze pijn in haar keel had omdat ze te weinig had geoefend, was het maar de vraag of ze die wel snel genoeg onder de knie zou krijgen...

Jonathan moest als eerste zijn stukken voorzingen, en daarna Marie-Claire. Allebei deden ze het akelig goed. Nancy was uitermate tevreden en strooide met zoveel complimentjes dat Melissa er bijna jaloers van werd. *Die vervelende Marie-Claire heeft haar hele vakantie natuurlijk niets* anders gedaan dan oefenen, oefenen en nog eens oefenen, dacht ze boos. Dan kan ik het ook!

'Oké, Melissa, nu is het jouw beurt,' onderbrak Nancy haar gedachten. 'Begin maar met het musicalliedje. Succes!'

Toen Melissa klaar was, was ze heel tevreden over zichzelf. Ook Nancy was positief. Maar daarna kwam ze met kritiek. 'Je stem klinkt dun,' zei ze. 'Dat was voor de vakantie niet zo. Je hebt vorige week zeker geen oefeningen gedaan?'

Melissa voelde zich betrapt. 'Nee, klopt,' antwoordde ze zachtjes. 'Het kwam er gewoon niet van.'

'Een professionele zanger of zangeres oefent elke dag minstens een paar uur,' zei Nancy met een knipoog. 'Dat moet een gewoonte worden, net zoals tandenpoetsen of je kamer opruimen. Oké, maar nu je tweede stuk. Laat maar horen!'

Help, als die loopjes nu maar goed gaan, dacht Melissa.

Toen ze uitgezongen was, voelde ze zich volkomen uitgeput. Hoe vaak was ze nou tussentijds afgehaakt? Vijf keer? Zes? Het huilen stond haar nader dan het lachen. 'Ik begrijp er niets van,' verontschuldigde ze zich. 'Dit heb ik echt nog nooit eerder gehad.' Wat een gedoe allemaal, dacht ze ondertussen. Ik kan het er gewoon niet bij hebben…

'Ach, vandaag moet je gewoon even je achterstand inhalen,' reageerde Nancy. 'Morgen gaat het vast stukken beter. Je moet vanavond wel nog even wat extra zangoefeningen doen. Als de masterclass is afgelopen, geef ik je er een aantal mee.'

Die avond kon Melissa niet slapen. Ze lag de hele tijd te piekeren over haar slechte prestaties van de afgelopen dag. Morgen was de masterclass al weer voor het laatst. Hopelijk ging het dan weer gewoon goed, anders zou Nancy Lafontaine vast denken dat ze zich had vergist in haar talent…

Even na enen knipte Melissa haar bedlampje aan en stapte voorzichtig haar bed uit, om Lieve niet wakker te maken. Ze liep naar haar bureau, waar de ingelijste foto van haar moeder lag die ze had gekregen voor haar nieuwe kamer in Nederland. Ze had hem stiekem meegenomen om af en toe naar te kunnen kijken. Dat hielp als ze zich rot voelde. Ze hoopte dat haar moeder weer tegen haar ging praten, net zoals vorige week, toen ze met haar vader aan tafel zat en geen zin in eten had. Melissa pakte de foto op en staarde er een tijdje naar. Jammer, deze keer gebeurde er niets.

'Ik begrijp wel waarom je niets tegen me zegt,' sprak ze haar moeder zachtjes toe. 'Je bent teleurgesteld, omdat ik het vandaag niet goed genoeg deed bij de masterclass. Maar ik kon er niets aan doen… Het is allemaal de schuld van papa. Als hij geen vriendin had genomen, dan was alles thuis gewoon gebleven zoals het altijd was en had ik heus wel geoefend in de vakantie.' Ze drukte een kus op haar moeders voorhoofd en legde de foto toen weer terug.

34

Waarom ben je zo stil?' vroeg Lieve de volgende dag tijdens het aankleden. 'Heb je slecht geslapen?'

Melissa knikte.

'Hoe kwam dat dan?'

'Ik ben gisteren bij de masterclass een paar keer in de fout gegaan en Nancy Lafontaine vond mijn stem ook nog eens dun klinken. Echt balen. Marie-Claire was helemaal blij.'

'Vervelend. Dat is niets voor jou.'

'Nee, klopt. Het kwam doordat ik in de vakantie geen zangoefeningen heb gedaan, en dat had wel gemoeten.'

'Waarom deed je dat dan niet?'

'Ik probeerde het ook wel, maar dan stopte ik er meteen weer mee. Ik had er gewoon geen zin in. Door die Carmen was het thuis niet meer zo leuk als het altijd was.'

'Hmm. Maar gisteren heb je de hele dag weer gezongen. Dan gaat het vandaag vast wel weer goed.'

'Ja, dat zei Nancy ook al…'

Toen de masterclass om halfnegen begon, deelde Nancy Lafontaine iedereen meteen in in groepjes van twee. Elk duo moest een duet uit een musical instuderen en het vervolgens voor de hele klas uitvoeren. Melissa schrok toen ze hoorde dat zij samen met David in een groepje zat. Als ze weer fouten ging maken, begon hij zich misschien wel aan haar te ergeren…

Even later in de zangstudio was Melissa best zenuwachtig. Gelukkig had Nancy hun een vrij eenvoudig nummer gegeven. 'Dan weet je zeker dat je vandaag goed begint,' had ze tegen Melissa gezegd toen ze haar het mapje met de kopieën erin gaf.

'Zullen we het liedje eerst op papier doornemen?' vroeg David. 'Dat werkt bij mij altijd heel goed. Als ik van tevoren weet waar het lastig gaat worden, kan ik er alvast over nadenken hoe ik dat het best kan aanpakken. Dan maak ik uiteindelijk veel minder fouten.'

Melissa knikte. Terwijl ze toekeek hoe hij rustig een aantal kleurpotloden uit zijn tas pakte en ze een voor een bekeek om te zien of ze nog scherp waren, begon ze langzaam weer een beetje te ontspannen.

Davids aanpak bleek inderdaad te werken. Melissa zong haar gedeelte van het duet in ieder geval helemaal foutloos nadat ze het een paar keer samen hadden geoefend. Ruim voordat de anderen klaar waren met instuderen, zaten zij

alweer samen in het klaslokaal en konden ze eindelijk bij-
praten over wat ze in de vakantie allemaal hadden beleefd.
Toch maakte Melissa zich ondertussen ook een beetje zorgen. Tijdens het zingen was haar keelpijn weer gaan op-
spelen. Had ze gisteravond nou toch maar die extra zangoefeningen van Nancy gedaan…

's Avonds zat ze voor het eerst sinds haar aankomst in Londen weer op MSN:

Kelly ☺ I'm hot, you're not! zegt:
Lis! Waar was je de hele tijd? Ik was al bang dat je net zo
braaf was geworden als Doris en Laura. Die liggen nu al
weer te slapen, omdat ze morgen een proefwerk hebben.
Melissa <3 Londen zegt:
Sorry, sorry, sorry. Ik had er gewoon niet zo'n zin in.
Het ging hartstikke waardeloos met zingen, omdat ik in
de vakantie niet had geoefend. ☹☹☹
Kelly ☺ I'm hot, you're not! zegt:
Vervelend voor je. Hopelijk gaat het snel weer beter!
Melissa <3 Londen zegt:
Ik weet het niet…
Kelly ☺ I'm hot, you're not! zegt:
Je geeft het toch niet op, hè?
Melissa <3 Londen zegt:
Nee, tuurlijk niet.

Kelly ☺ I'm hot, you're not! zegt:

Hoe gaat het nu met jou en David?

Laat ik maar zeggen dat het gewoon goed gaat, dacht Melissa. Anders gaat Kelly allemaal adviezen geven en daar heb ik nu geen zin in…

Melissa <3 Londen zegt:

Goed, ik heb vanmiddag een hele tijd met hem gepraat. Hij is echt heel lief.

Kelly ☺ I'm hot, you're not! zegt:

En toen? Hebben jullie gezoend?

Melissa <3 Londen zegt:

Nee, niks. Maar hopelijk duurt dat niet lang meer!! ☺☺ Hoe zit het nou met jou in de liefde? Heb je nog steeds verkering?

Kelly ☺ I'm hot, you're not! zegt:

Welke bedoel je?

Melissa <3 Londen zegt:

Die jongen van de snackbar.

Kelly ☺ I'm hot, you're not! zegt:

O, Dennis. Nee, die spreek ik niet meer. Sinds de vakantie al niet. Hij was heel saai. Hij wilde almaar in die snackbar werken om te sparen voor een scooter. We zagen elkaar bijna nooit. Ik ben nu verliefd op een jongen van mijn school. Hij is echt vet sexy!! ☺☺☺

Melissa <3 Londen zegt:

Hoe ziet hij eruit dan?

Kelly ☺ I'm hot, you're not! zegt:

Hij is groot en hij heeft heel gespierde armen. Hij zit op kickboksen.

Melissa <3 Londen zegt:

Wow, dat klinkt goed. ☺☺ Valt hij ook op jou?

Kelly ☺ I'm hot, you're not! zegt:

Ja, volgens mij wel. ☺ In de pauze hebben we telkens oogcontact. Hoe gaat het trouwens met je vaders verkering? Is het nog steeds aan of is die vriendin al weg?

Melissa <3 Londen zegt:

Ik denk dat het nog aan is. ☹☹☹☹ Anders had ik het wel gehoord.

Kelly ☺ I'm hot, you're not! zegt:

Stom dat hij niet snapt hoe jij je erover voelt.

Melissa <3 Londen zegt:

Hij stuurt me wel bijna elke dag een sms'je dat hij graag wil dat het weer goed is tussen ons.

Kelly ☺ I'm hot, you're not! zegt:

Nou, dat is niet zo moeilijk!! Dan moet hij die Carmen dumpen!!

Melissa <3 Londen zegt:

Vind ik ook. Hé, ik moet zo afsluiten. Het licht is al uit en ze controleren hier tegenwoordig of je nog stiekem zit te chatten. Als ze je pakken, word je een dag geschorst.

Kelly ☺ I'm hot, you're not! zegt:

Jeetje, je begint toch een beetje op Doris en Lau te lijken!!

Nee hoor, grapje, schat. Slaap lekker!

Melissa <3 Londen zegt:

Jij ook! See you!! xxx

35

De volgende dag begonnen de repetities voor *Grease*. Toen de gewone lessen afgelopen waren, at Melissa snel een broodje in de kantine en ging daarna meteen door naar het lokaal waar ze moest zijn.

'Waar zijn de anderen eigenlijk?' vroeg ze, toen ze bij binnenkomst tot haar verbazing alleen Marie-Claire, de twee Betty Rizzo's en de andere meisjes die de Pink Ladies gingen spelen aantrof.

'Weet je dat niet?' vroeg Marie-Claire snibbig. 'De jongens oefenen eerst een tijdje apart van de meisjes.'

'O, daar heb ik anders niets over gehoord.'

'Raar. Nancy Lafontaine heeft het gisteren uitgebreid over de planning gehad.'

Waarom heb ik dat gemist, mopperde Melissa in gedachten op zichzelf toen ze zag dat de andere meisjes stonden te knikken. Ik moet voortaan echt beter opletten.

'Over twee weken worden we samengevoegd met de jongens om alle nummers samen door te nemen. Daarna komt het koor erbij, dan het orkest en pas op het laatst de dansers,' legde Marie-Claire betweterig uit.

'Oké, bedankt,' antwoordde Melissa zo koel mogelijk. 'Dan weet ik het nu.'

'Naar binnen, dames, we gaan aan de slag!' klonk een bekende stem plotseling ergens aan het eind van de gang.

'O nee, mevrouw Murdoch gaat ons begeleiden!' kreunde Melissa.

'Waarom vind je dat vervelend?' vroeg Marie-Claire. 'Ben je soms bang om weer fouten te maken?'

Melissa reageerde niet, maar inwendig kookte ze van woede.

'We gaan beginnen met een paar inzingoefeningen,' begon mevrouw Murdoch toen iedereen zat. 'Ze staan op het derde blad van het boekje dat ik net heb uitgedeeld.'

Melissa bladerde er meteen naartoe en begon de oefeningen alvast te bestuderen, net zoals David dat altijd deed.

'Even kijken wie er gaat beginnen...' klonk de stem van mevrouw Murdoch ergens ver weg. 'Ja, dat wordt Sandy!'

Gelukkig, ze noemde een andere naam dan die van mij, dacht Melissa. Nu heb ik wat meer tijd voor de oefeningen.

'Je moet naar voren komen!' schetterde de stem van Marie-Claire plotseling in Melissa's linkeroor.

Melissa schrok op. 'Huh? Hoezo? Iemand anders moet voorzingen, hoor!' antwoordde ze geïrriteerd.

'Mevrouw Murdoch zei dat Sandy moet beginnen. Dat ben jij toch?' zei Marie-Claire weer.

Met een rood hoofd sprong Melissa op en liep naar voren. Wat stom dat ze niet door had gehad wie er met Sandy werd bedoeld! Terwijl ze naar de juiste zanghouding zocht, voelde ze dat haar knieën plotseling begonnen te trillen. Meteen daarna werden haar handen klam, en toen duurde het maar even of de zenuwen gierden door haar hele lijf. Op het moment dat ze haar mond opendeed om te gaan zingen, kwamen er alleen maar piepgeluiden uit. Haar keel deed alweer pijn…

'Tja, wat moet ik hier nu van denken?' onderbrak mevrouw Murdoch Melissa's zangpogingen. 'Hoe is het mogelijk dat je zo slecht presteert? Jij bent de belangrijkste hoofdrolspeelster!'

Melissa zei niets. Ze voelde zich diep ongelukkig. Ze boog haar hoofd en sloot haar ogen. Ik kap ermee, dacht ze. Dit werkt gewoon niet…

Meteen daarna draaide ze zich om en liep zonder iets te zeggen het lokaal uit. Aan het eind van de gang hoorde ze verschillende keren achter zich haar naam roepen, maar ze ging niet terug. Voor haar gevoel was het net alsof ze zojuist kopje-onder was gegaan in het zwembad. Toen ze even later haar kamer binnenging, kon ze zich niet meer herinneren hoe ze er gekomen was.

Met grote ogen staarde Lieve haar vriendin aan van achter haar bureau. 'Je moest toch repeteren voor *Grease*?' vroeg ze verbaasd.

'Ja, maar het ging weer mis en toen ben ik de klas uit gelopen. En nu heb ik heel erge hoofdpijn.' Er biggelden tranen over Melissa's wangen. Zou ze ooit wel weer gewoon foutloos kunnen zingen, zonder dat haar keel zeer ging doen, net zoals voor de herfstvakantie?

'Zal ik even naar de conciërge lopen om te zeggen dat je niet lekker bent geworden?' vroeg Lieve. 'Anders zit je over een uurtje bij de directrice. Zeker weten dat mevrouw Murdoch meteen gaat melden wat er is gebeurd.'

'Graag,' kon Melissa nog net uitbrengen, voordat ze zich languit op haar bed liet neervallen.

36

Toen Melissa die avond samen met Lieve naar de kantine liep voor het avondeten, had ze nog steeds hoofdpijn, maar het was gelukkig al wel wat minder geworden. Nadat ze bij het buffet hadden opgeschept, gingen ze bij Samantha, Kevin en John aan tafel zitten.

'Hoe gaat het nou met je?' vroeg Kevin meteen aan Melissa. 'Ik hoorde dat je bij de repetitie voor *Grease* de klas uit bent gestuurd, omdat je vals zong.'

'Wat vertel je me nou?' vroeg Melissa verbaasd. 'Van wie heb je dat?'

'We liepen Marie-Claire net voorbij op de gang en toen hoorden we het haar vertellen aan een paar jongens uit het tweede jaar.'

Met een harde klap zette Melissa het zoutvaatje dat ze net had gebruikt terug op tafel. 'Er klopt helemaal niets van dat verhaal,' zei ze boos. 'Ik maakte wel een paar fouten, maar ik zong niet de hele tijd vals. En verder ben ik de klas niet uit gestuurd, maar ik ben zelf weggelopen. Ik voel me niet goed en dat is op mijn stem geslagen. Dat is alles. Marie-Claire doet er echt alles aan om de hoofdrol van mij af te pikken.'

'Zal ik naar haar toe gaan en haar onder de neus wrijven dat ze moet stoppen met dat gestook?' vroeg Kevin, terwijl hij opsprong van zijn stoel. 'Ik wil gewoon niet dat ze daarmee doorgaat!'

'Nee, doe dat maar niet,' antwoordde Melissa. 'Dan kom ik misschien nog veel meer in de problemen. Ik probeer haar eerst wel op mijn eigen manier aan te pakken.'

Toen Kevin en John hun eten op hadden en hun bord en bestek wegbrachten, boog Lieve zich naar voren. 'Volgens mij is Kevin nog steeds verliefd op jou, Melissa. Denk je ook niet, Samantha?'

'Ja, zeker weten. Anders had hij net niet zo fel gereageerd.'

'Hmm, ik zit hem anders echt niet te voeren, hoor!' zei Melissa. 'Volgens mij is hij trouwens niet meer verliefd. We zijn nu gewoon goede vrienden.'

'Heb je het daar met hem over gehad?' vroeg Lieve.

'Nee, dat niet. Maar zo voel ik dat zelf.'

'Hmm, volgens mij verkijk je je daarop.'

Een halfuurtje later in de studiezaal begon Melissa met tegenzin aan haar huiswerk. Plotseling werd ze op haar schouder geklopt. Het was David! Melissa's hart maakte meteen een sprongetje.

'Wat hoorde ik nou van Marie-Claire?' vroeg hij. 'Ben je er vanmiddag bij de repetitie uit gestuurd?'

Melissa voelde zich ineens helemaal slap worden. Hield dat gestook van dat vervelende kind nou nooit op?

'Nee, ik ben zelf weggelopen,' zei ze. 'Het ging niet lekker en toen zag ik het ineens niet meer zitten.'

'Dat ga je toch niet doen tijdens de eindejaarsuitvoering, hè? Anders kunnen we onze verdere carrières wel vergeten. Dan komen er slechte stukken in de krant.'

Er kwamen tranen in Melissa's ogen. Waarom deed David nou ineens zo flauw tegen haar?

'Hé, het was maar een geintje!' zei David meteen toen hij het zag. 'Je bent een kanjer als het om zingen gaat, en dat weet iedereen hier. Anders had je die hoofdrol nooit gekregen. Je moet vertrouwen in jezelf hebben, oké?'

'Oké,' mompelde Melissa terug. Maar het klonk niet erg overtuigd.

De bel ging als teken dat er de komende tweeënhalf uur niet meer gepraat mocht worden. David liep snel naar een lege studieplek even verderop, pakte zijn tas uit en boog zich over zijn boeken.

Melissa deed haar best om zich weer op haar huiswerk te concentreren, maar dat lukte haar maar heel even. Haar gedachten dwaalden af naar wat er die middag was gebeurd tijdens de *Grease*-repetitie. Wat moest ze nou toch doen om ervoor te zorgen dat ze morgen weer gewoon net zo goed zou zingen als altijd? David had gezegd dat ze vertrouwen in zichzelf moest hebben. Maar dat was gemakkelijker gezegd dan gedaan… Toen de eindbel om negen uur ging, stonden er precies drie wiskundesommen in Melissa's schrift.

'Ik ga meteen naar bed,' zei Melissa tegen Lieve, terwijl ze samen naar hun kamer liepen. 'Vind je dat niet erg?'

'Nee hoor, tuurlijk niet. Morgen heb je toch weer een *Grease*-repetitie?'

'Ja, klopt. Dan moet ik echt goed uitgeslapen zijn, want als ik nu weer de fout in ga, kan ik maar beter teruggaan naar Nederland.'

'Het gaat je heus wel lukken. Je bent toch altijd hartstikke goed geweest?'

'Lief dat je dat zegt. Ik zal het onthouden…'

Eenmaal in bed besloot Melissa om toch nog niet meteen te gaan slapen. Sinds ze weer terug was van vakantie had ze haar mail niet meer gecheckt.

Alleen een berichtje van papa, zag ze even later:

Van: C.van.Moorsel@xs4all.com
Aan: Melissa4ever@hotmail.com
Onderwerp: Kerst

Hoi lieve Melissa, hoe gaat het? Zijn de repetities voor *Grease* al begonnen? Vast wel. Je zult het er ongetwijfeld heel druk mee hebben. Doe maar goed je best, want ik ben ontzettend trots dat je het nu al zo ver hebt geschopt op je nieuwe school. Ik kom zeker kijken bij de uitvoering!

Dat is ook de reden waarom ik je nu even mail. Wanneer is het?

Dan nog een vraag over de kerstvakantie. Wanneer begint hij en hoe lang duurt hij?

Kun je me alle data zo snel mogelijk doorgeven? Dan kan ik ze vrij plannen op mijn werk. Hoe zou je het trouwens vinden om de kerst in Rome door te brengen? Dat leek me wel een leuk plan na al ons geruzie in de herfstvakantie.

Veel liefs van je vader

Hmm, Rome, de hoofdstad van Italië... Supercool! Snel even een sms'je sturen...

HOI PAP, ROME=HARTSTIKKE LEUK! VRAAGJE: GAAT C. OOK MEE? XXX MELISSA

Pas toen Melissa al bijna lag te slapen, kwam er antwoord:

HOI MELISSA, CARMEN IS INDERDAAD VAN DE PARTIJ. IK KAN HAAR MET KERST NATUURLIJK NIET ALLEEN LATEN ZITTEN, DAT ZOU NIET AARDIG ZIJN. KUS, PAPA

Melissa was meteen weer helemaal wakker. Dan weet ik genoeg, dacht ze boos. Ze sms'te meteen terug.

OKÉ, LAAT MAAR ZITTEN DAN. IK GA NIET MEE.

Niet lang daarna piepte haar mobieltje weer.

MELISSA, IK GUN JOU ALLES: MOOI NIEUW HUIS, DURE SCHOOL, LEUKE VAKANTIES ETC. JE KUNT OOK WEL EENS IETS TERUGDOEN. WE BESPREKEN DIT LATER. JE MOET NU GAAN SLAPEN. PAPA

Met tranen in haar ogen zette Melissa haar telefoon uit. Waarom wilde haar vader nou niet gewoon eens leuk alleen met háár op vakantie?

37

Na een veel te korte nacht schoof Melissa de volgende ochtend met wallen onder haar ogen naast Kevin aan tafel voor het ontbijt. Ze was laat; de kantine was al bijna helemaal leeg.

'Jeetje, wat zie jij er moe uit,' zei Kevin, terwijl hij Melissa onderzoekend aankeek. 'Volgens mij heb je het veel te druk met die *Grease*-repetities. Zullen we vanmiddag samen iets leuks gaan doen?'

'En dan wegblijven van de repetitie? Dat kan niet,' antwoordde Melissa gapend. 'Als je een hoofdrol in een eindejaarsvoorstelling hebt, ben je verplicht om op de repetities te komen. Anders word je eruit gezet.'

'Daar geloof ik niets van,' zei Kevin beslist. 'Dat zeggen ze alleen maar om je bang te maken. Ze schrijven heus niet opnieuw audities uit.'

'Nee, dat klopt. Dan krijgt je understudy jouw rol. Maar ik wil hem zelf.'

'Dat snap ik. Nou ja, denk er nog maar even over na. In de middagpauze vraag ik het nog wel een keer. Misschien kan ik je dan overhalen.'

Tijdens de lessen die volgden, moest Melissa de hele tijd denken aan Kevins voorstel. Aan de ene kant wilde ze best graag spijbelen van de repetitie. Ze was bang dat ze weer af zou gaan. Maar aan de andere kant wilde ze haar hoofdrol ook niet zomaar kwijtraken; dan kon ze haar droom om later een beroemde musicalster te worden waarschijnlijk wel vergeten. Na lang wikken en wegen besloot ze toch maar naar de repetitie te gaan.

Met tegenzin sjokte Melissa tegen een uur of drie de gangen van de MDA door, op weg naar het lokaal waar ze moest zijn. Plotseling bleef ze stokstijf staan. Zo'n dertig meter verderop stonden David en Marie-Claire met elkaar te praten. Wat zouden ze te bespreken hebben? Zo goed kenden ze elkaar toch niet? Zo onopvallend mogelijk schoof Melissa opzij naar een nis in de muur om hen ongemerkt te kunnen bespieden. Toen ze daar eenmaal goed en wel stond, zag ze dat David zijn hand inmiddels op de arm van Marie-Claire had gelegd. Ze schrok. Hoe was dat nou weer mogelijk? Was hij nu al op haar uitgekeken? Vond hij haar misschien niet meer interessant nu ze even wat minder goed presteerde?

Van het ene op het andere moment voelde Melissa zich doodmoe. Ik kan die hoofdrol niet aan, dacht ze. Door die pijn in mijn keel ben ik de hele tijd bang dat ik weer fouten ga maken...

Ze pakte haar mobieltje en belde Kevin. Hij nam meteen op.

'Hé, moppie, ga je toch met me mee?' vroeg hij vrolijk.

'Ja, die suffe repetitie kan me gestolen worden. Ik loop nu naar de steeg naast de zij-ingang, oké?'

'Goed, dan kom ik daar ook naartoe.'

Tien minuten later zaten Melissa en Kevin een beetje giechelig naast elkaar in de bus in de richting van een grote bioscoop in het centrum. Het was best spannend om te spijbelen; allebei hadden ze het nog nooit eerder gedaan.

Vlak voordat de eerste helft van de film begon, haalde Melissa haar mobieltje onder uit haar tas en schakelde het uit. In het afgelopen halfuur had Lieve haar elf keer gebeld...

38

Om precies vijf minuten voor halfzeven slopen Kevin en Melissa de MDA weer binnen via de zij-ingang. Ze hadden besloten om na de film niet meteen terug te gaan voor het warme eten, maar in plaats daarvan een hamburger te eten in de McDonald's naast de bioscoop.

'Ik ben benieuwd hoeveel straf we krijgen,' zei Kevin, toen ze hun boeken uit hun kluis haalden om naar de studiezaal te gaan. Hij keek er een beetje benauwd bij.

'Het valt vast mee,' probeerde Melissa hem gerust te stellen. 'Het is nog maar de eerste keer dat we spijbelen.' Wat mij betreft bellen ze papa er vanavond nog over op, dacht ze er grimmig achteraan. Wat zal hij boos zijn als hij hoort dat ik mijn hoofdrol in gevaar heb gebracht! Net goed voor hem. Hij is de schuld van alles. Als hij niet aan een vriendin was begonnen, had ik in de herfstvakantie gewoon mijn zangoefeningen kunnen doen. Dan had ik geen keelpijn gekregen en geen fouten gemaakt bij de masterclass en de eerste repetitie, en dan was er voor David geen reden geweest om mij niet meer leuk te vinden en op een ander verliefd te worden.

Terwijl Melissa de studiezaal in liep, had ze het gevoel dat iedereen naar haar keek. Zou het nieuwtje dat de belangrijkste hoofdrolspeelster in de eindejaarsvoorstelling had gespijbeld al zijn rondgegaan op de MDA? Vast wel. Marie-Claire kennende, had haar mond de afgelopen uren waarschijnlijk niet stilgestaan. Gelukkig was er nog een plaatsje vrij vlak bij de uitgang. Dan kon ze na de eindbel meteen naar haar kamer verdwijnen en hoefde ze geen vervelende vragen te beantwoorden.

'Waar was je vanmiddag?' vroeg Lieve verongelijkt aan haar kamergenootje toen ze even na negenen tegelijk bij hun kamer aankwamen. 'Ik heb je minstens tien keer gebeld!'

'Ik heb geen idee waar je het over hebt,' antwoordde Melissa onverschillig. Ze opende de kamerdeur en liep regelrecht door naar haar eigen slaapgedeelte. Lieve kwam haar meteen achterna. 'O nee?' vroeg ze. 'Je hebt vanmiddag gespijbeld van de musicalrepetitie. De conciërge kwam mij om halfvier uit de les halen om te vragen of ik soms wist waar jij was.'

'Oké dan. Ik ben met Kevin naar de bios gegaan. Ik had geen zin in die repetitie.'

'Doe normaal! Heb je samen met Kevin gespijbeld?'

'Ja, is dat zo vreemd? We zijn toch vrienden?'

Lieve sloeg haar handen voor haar gezicht. 'Snap je het dan niet?' riep ze toen verbijsterd uit. 'Kevin is nog steeds verliefd op je en daarom doet hij er alles aan om je van David los te weken!'

'Dat hoeft niet meer. David is voorbij. Hij is nu met Marie-Claire.'

'Hè? Dat kan niet! Vlak voor het avondeten kwam hij hier nog langs om te vragen of ik wist waar je was. Hij was hartstikke ongerust!'

'Nou, dan kan hij heel goed toneelspelen.'

'Hoe bedoel je?'

'Toen ik vanmiddag naar de repetitie ging, heb ik ze samen betrapt. Ze stonden heel dicht tegen elkaar aan te smoezen en toen legde hij zijn hand op haar arm.'

'Maar dat hoeft toch nog niet te betekenen dat ze nu ineens verkering hebben? Ik doe dat ook wel eens bij Kevin of bij John. En dan nog: je wilt je hoofdrol toch niet kwijtraken aan Marie-Claire?'

'Bemoei je er niet mee,' zei Melissa, behoorlijk kortaf. Belachelijk dat Lieve net deed alsof ze zich aanstelde.

Er viel een ijzige stilte, die minutenlang leek te duren.

'Zullen we onze tanden gaan poetsen?' vroeg Lieve op een gegeven moment. 'Het is al hartstikke laat.'

'Is goed, ga maar vast,' antwoordde Melissa nors. 'Ik moet mijn toiletspullen nog bij elkaar zoeken.'

Nog geen tien seconden nadat Lieve de kamer had verlaten, was ze al weer terug, met in haar hand een envelop. 'Deze lag voor jou op de mat,' zei ze. 'Er staat geen afzender op.'

Met een uitgestreken gezicht pakte Melissa de envelop aan, scheurde hem open en haalde er toen een briefje uit. Het was een mededeling van de conciërge: 'Morgenochtend halfnegen melden bij de directrice.'

39

De volgende ochtend klopte Melissa stipt om halfnegen op de deur van de kamer van de directrice. Hij zwaaide meteen open.

'Goedemorgen, Melissa,' zei de directrice, zonder dat er een lachje af kon. 'Ga daar maar alvast zitten.' Ze wees naar een stoel voor haar bureau. 'Mevrouw Davenport komt er zo meteen ook bij.'

Ze vinden het vast heel erg dat ik heb gespijbeld, dacht Melissa; anders zouden ze dit gesprek nooit met zijn tweeën doen. Maar het kan me niets schelen... Het is niet mijn schuld dat het is gebeurd.

Toen mevrouw Davenport even later binnenkwam, keek ze al net zo serieus als de directrice. 'Tja, Melissa, je zult waarschijnlijk wel begrijpen dat we niet zo blij zijn met je spijbelactie van gisteren,' begon de directrice toen iedereen zat. 'Leg maar eens uit waarom je dat deed.'

Melissa zei niets. Ze haalde haar schouders even op en staarde vervolgens naar de neuzen van haar schoenen.

'Er moet toch wel een reden voor zijn?' ging mevrouw Davenport verder. 'Voor de herfstvakantie was je nog ontzettend enthousiast over je hoofdrol in *Grease*. Toen zei je nog tegen me dat je nauwelijks kon wachten tot de repetities zouden beginnen.'

Melissa frummelde eerst een tijdje aan haar haar voordat ze antwoord gaf. 'Ik had geen zin meer om te repeteren, omdat ik steeds fouten maak,' zei ze toen, 'en ik heb pijn in mijn keel als ik zing.'

'Hoe komt dat?' vroeg mevrouw Davenport. 'Is er soms iets vervelends gebeurd? Ik ken jou namelijk als een meisje dat eigenlijk nooit fouten maakt.'

'Ik had niet geoefend in de herfstvakantie,' antwoordde Melissa. 'Het kwam er gewoon niet van.' Ik begin niet over papa en Carmen, dacht ze ondertussen. Ik weet toch al wat ze dan gaan zeggen. Ze vinden vast dat ik het papa moet gunnen dat hij een vriendin heeft. Dat zeggen alle grote mensen die ervan weten: Doris' moeder, tante Leny, de moeder van Kelly… Ze weten gewoon niet hoe erg het is als je vader zomaar ineens niet meer alleen voor jou kiest, terwijl je ook al geen moeder meer hebt.

'Je zult begrijpen dat dit niet nog eens mag gebeuren,' zei de directrice. '*Grease* is een heel belangrijke musical voor onze school, omdat we er veel aandacht mee zullen krijgen in de pers. Het is ons jubileumjaar. Als we veel positieve recensies krijgen, worden de kansen van onze studenten er alleen maar beter op. Maar dat geldt natuurlijk ook andersom.'

Na die woorden zweeg ze even. Met een ernstig gezicht keek ze Melissa aan. 'Je krijgt nu alleen een waarschuwing,' vervolgde ze toen. 'Maar als je nog een keer spijbelt, nemen we andere maatregelen, en ik kan je nu alvast beloven dat je daar niet blij mee zult zijn. Je kunt nu naar je klas gaan. Zeg maar tegen Kevin dat het zijn beurt is om hiernaartoe te komen.'

De rest van de ochtend hield Melissa haar lippen stijf op elkaar. Ze had geen zin om aan haar nieuwsgierige klasgenoten uit te leggen wat er was gebeurd. Ze vonden het toch allemaal maar raar dat ze had gespijbeld.

Die middag had ze om drie uur weer een repetitie voor *Grease*. Eerlijk gezegd zag ze er vreselijk tegen op. Wat zou er gebeuren als het weer fout ging? Misschien barstte ze wel midden in de klas in tranen uit. Ze zag het grijnzende gezicht van Marie-Claire al voor zich. Zeker weten dat die regelrecht naar David zou lopen om hem in geuren en kleuren te vertellen wat er nu weer was gebeurd... Die afgang moet ik mezelf besparen, dacht Melissa.

In de middagpauze ging ze samen met Kevin aan een tafeltje apart zitten lunchen.

'Pff, ik ben echt heel blij dat we geen straf hebben gekregen,' zei Kevin, terwijl hij een boterham smeerde. 'Dan waren mijn ouders er vast achter gekomen en had ik van hen ook nog eens flink op mijn kop gekregen.'

'Hmm, het kan mij echt niets schelen als mijn vader het te horen krijgt,' antwoordde Melissa. 'Zelf doet hij ook genoeg verkeerd. Misschien meld ik me vanmiddag wel ziek. Ik heb er gewoon geen zin in.'

'Maar… dan raak je je hoofdrol misschien kwijt!'

'Ik ben toch niet goed genoeg.'

Terwijl Melissa dat zei, zag ze vanuit haar ooghoeken dat David naar hun tafeltje toe kwam lopen. 'Hé Melissa, kan ik je even spreken?' vroeg hij, nog voordat hij er was.

'Hoezo?' antwoordde ze nors.

Beledigd keek David haar aan. Hij had duidelijk niet verwacht dat ze zo onaardig tegen hem zou doen. Maar meteen daarna herstelde hij zich weer.

'Ik wil graag even alleen met je praten,' zei hij toen.

Melissa gaf geen antwoord. In plaats daarvan draaide ze haar rug naar hem toe.

'Jeetje, jij durft!' zei Kevin even later, toen ze weer met zijn tweeën waren. Hij keek heel blij toen hij dat zei. 'Dannyboy is zeker vervelend tegen je geweest?'

'Hij is een idioot,' antwoordde Melissa. 'Hij zat eerst de hele tijd met me te slijmen en toen was hij ineens met Marie-Claire.'

'Belachelijk. Ik zou niet meer met hem om willen gaan.'

'Doe ik ook niet. Maarre… zullen we vanmiddag weer

samen spijbelen? Ik heb zin om naar Hyde Park te gaan.'

'Eh… liever niet.'

'Echt niet? Je bent toch niet bang voor een beetje straf?'

'Nee, dat niet, maar…'

'Nou, dan gaan we toch?' Zonder een antwoord af te wachten stond Melissa op en schoof haar stoel onder de tafel. 'Ik sta om drie uur weer in de steeg naast de school,' zei ze vlak voordat ze wegliep. 'Tot straks!'

40

'Ik snap echt niet waar jij mee bezig bent,' zei Lieve toen Melissa een kwartiertje voor het avondeten hun kamer binnenglipte. 'Je bent vandaag alweer niet naar de repetitie geweest. Iedereen vindt het maar vreemd, en ik zo langzamerhand ook. Waarom praat je niet gewoon met mevrouw Davenport over die fouten en zo? Zeker weten dat ze je graag wil helpen.'

'Jij moet je gewoon niet met mijn zaken bemoeien,' kapte Melissa haar vriendin af. 'Je begrijpt er toch niets van. En de rest van de MDA trouwens ook niet.' Ze was nog niet uitgesproken of haar mobieltje ging. Op het schermpje verscheen de voornaam van haar vader. Mooi zo, dat kwam goed uit. Nu kon Lieve geen lastige vragen meer stellen.

'Hoi pap, waarom bel je?' vroeg ze, terwijl ze naar haar eigen slaapgedeelte liep.

'Wat denk je zelf?' klonk het niet bepaald vriendelijk aan

de andere kant van de lijn. 'Een halfuurtje geleden werd ik gebeld door de directrice van de MDA. Ze vertelde me dat je nu al twee keer niet bent komen opdagen bij de repetitie voor de eindejaarsmusical. Hoe zit dat?'

'Het zingen gaat gewoon niet, en dan heeft het ook geen zin om naar de repetities te gaan,' antwoordde Melissa onverschillig.

'Hoe komt dat dan?'

'In de herfstvakantie had ik moeten oefenen en dat heb ik niet gedaan.'

'Daar begrijp ik niets van. Je had er toch alle tijd voor?'

'Ja, maar jij moest zo nodig met een vriendin aankomen! Daardoor had ik geen zin meer in oefenen. Bovendien ben ik nergens goed genoeg voor.'

Het bleef een tijdje stil. Kennelijk moest Melissa's vader even nadenken.

'Je stelt je aan,' zei hij toen. 'Je moet vanavond nog bij de directrice komen, en ik eis van je dat je dan meteen je excuses aanbiedt en belooft het nooit weer te doen. Misschien dat je daarmee nog iets kunt goedmaken van je domme gedrag. Vanaf nu geen gespijbel meer! Als het nog een keer gebeurt, reis ik meteen af naar Londen om je hoogstpersoonlijk bij de eerstvolgende repetitie af te leveren. Veel succes voor straks!'

Meteen daarna verbrak hij de verbinding.

Verbluft liet Melissa zich achterover op haar bed neerploffen. 'Tjonge, die papa,' mompelde ze in zichzelf. 'Hij was hartstikke boos op mij. Belachelijk! Hij luisterde niet eens naar wat ik zei over Carmen. Ik trek me gewoon niets van hem aan…'

Toen Melissa even later op weg was naar de kantine voor het avondeten, werd ze halverwege staande gehouden door de conciërge.

'Loop je even met me mee?' vroeg hij. 'Je moet bij de directrice komen.'

Terwijl Melissa achter hem aan liep, voelde ze tientallen ogen in haar rug prikken. Zeker weten dat de hele kantine het zo meteen over haar zou hebben. Nog niet zo lang geleden zou ze dat heel vervelend hebben gevonden, maar nu kon het haar allemaal niets schelen…

'Ik heb gehoord dat je toch weer hebt gespijbeld,' sprak de directrice Melissa even later toe van achter haar bureau, met een gezicht dat op onweer stond. 'Gisteren noemde je als reden dat je tijdens het zingen telkens fouten maakte, omdat je in de herfstvakantie niet had geoefend. Welke reden heb je vandaag?'

Melissa haalde haar schouders op. 'Dezelfde,' antwoordde ze onverschillig.

'Weet je dat heel zeker?' vroeg de directrice met een priemende blik in haar ogen. 'Als ik naar je rooster kijk, zie ik dat je na de lunch drie kwartier zangles hebt gehad en daarna ook nog eens drie kwartier aan zelfstudie hebt gedaan. Dan moet zo'n natuurtalent als jij toch wel weer bij zijn? Je hebt extra oefeningen gekregen van Nancy Lafontaine. Heb je die gedaan?'

'Eh... nee.'

In de stilte die volgde, voelde Melissa zich steeds minder op haar gemak. Misschien kreeg ze straks wel te horen dat ze niet langer welkom was op de MDA. Dan moest ze terug naar Nederland, naar een gewone middelbare school. En dan werd ze zelfs geen gewone musicalzangeres meer...

'In overleg met mevrouw Davenport en mevrouw Murdoch heb ik besloten dat je een dag wordt geschorst. Vanaf nu tot morgenmiddag vijf uur verblijf je in een van onze gastenkamers en die mag je niet verlaten. De conciërge zorgt ervoor dat je eten en drinken krijgt, en behalve met hem mag je met niemand contact hebben, ook niet via je telefoon of via internet. Als het voorbij is, word je opgehaald en moet je je hier weer melden. Dan krijg je te horen of je je hoofdrol in *Grease* al dan niet mag houden. Ik ga daarover nog in overleg met de docenten die de musical begeleiden. Je vader wordt van alles wat er gebeurt op de hoogte gehouden. Heb je nog vragen?'

'Eh... ja!' hakkelde Melissa. 'Wat gebeurt er met Kevin? Wordt hij ook geschorst?'

'Nee. Ik heb hem hiervoor al gesproken en toen is duidelijk geworden dat hij door jou is overgehaald om te gaan spijbelen.'

Vervolgens stond de directrice op en liep naar de deur. 'Je kunt nu gaan,' zei ze toen. 'De conciërge loopt met je mee.'

Pff, ik hoef gelukkig niet van school, dacht Melissa, terwijl ze over de drempel de gang in stapte. Maar de mededeling dat ze haar hoofdrol misschien kwijt zou raken, kwam toch harder aan dan ze van tevoren verwacht had...

41

Toen Melissa even later bij haar kamer aankwam om haar tas te pakken, lag er een envelop met haar naam erop voor de deur. Snel griste ze hem weg en stopte hem onder haar jasje. Gelukkig, de conciërge had niets gemerkt.

Van wie zou die brief kunnen zijn, vroeg Melissa zich af toen ze eenmaal alleen was. Het handschrift komt me niet bekend voor. Vast weer van school…

Hallo Melissa,
Omdat je ineens niet meer met me wilt praten, stuur ik je maar een brief. Tot gisteren dacht ik dat je me heel leuk vond. Andersom was dat ook zo. Ik hoorde van Lieve dat je dacht dat ik verliefd was op Marie-Claire. Dat is zeker niet het geval.
Ik wil graag van je horen wat er aan de hand is. Vanavond wacht ik je na het huiswerk maken op bij

de uitgang van de studiezaal. Ik hoop je daar te zien,
je bent een heel bijzonder meisje.
Groetjes, David

Wat stom, ik heb me vergist!' mompelde Melissa zachtjes
voor zich uit toen ze de brief uit had. David stond gisteren
helemaal niet met Marie-Claire te flirten, hij vindt mij nog
steeds leuk… Kon ik hem nu maar even een sms'je sturen
om te zeggen dat het me heel erg spijt van vanmiddag en
dat ik vanavond niet met hem kan praten. Nu staat hij daar
straks voor niets te wachten en denkt hij dat ik hem niet
meer wil. Wat erg, nu ben ik hem voor altijd kwijt…

Melissa liep naar het raam en staarde naar de blinde muur
tegenover haar. Het zou vanaf nu nog ruim twintig uur
duren voordat ze deze kale, ongezellige kamer weer mocht
verlaten. Wat moest ze al die tijd doen? Het huiswerk dat
ze had meegekregen was in een paar uurtjes af. De tv was
afgesloten, ze mocht niet sms'en of internetten, en het boek
dat ze had mogen meenemen, had ze al bijna uit… Plotseling stroomden er tranen over Melissa's wangen. Ze voelde
zich ontzettend verdrietig en alleen. Haar hoofdrol in
Grease, waar ze zo trots op was, was morgen misschien ver-
leden tijd. Was haar vader nou maar nooit met een vriendin op de proppen gekomen; dan was alles gewoon gelopen zoals het had moeten gaan en was ze nu lekker bezig

met repeteren voor *Grease*. Misschien zou ze zelfs al een paar keer gezoend hebben met David.

Naarmate de uren voorbij kropen, werd Melissa steeds bozer en bozer op haar vader om wat hij haar volgens haar allemaal had aangedaan. Reken maar dat ze hem dat goed duidelijk zou maken als ze de volgende keer weer in Nederland was! Maar nadat ze de zoveelste wraakactie had bedacht, begon er toch iets aan haar te knagen. Kon ze haar vader wel de schuld geven van alles wat er de afgelopen weken was misgegaan, of had het soms ook wel eens aan haarzelf gelegen?

Pas tegen de vroege ochtend viel Melissa eindelijk uitgeput in slaap. Ze droomde dat ze helemaal alleen in een vieze, oude trein zat. Het landschap waar ze doorheen reed, was kaal en dor. Nergens waren huizen of mensen te zien. Er leek geen einde te komen aan de reis. Telkens opnieuw doemden er in de verte weer nieuwe vlakten op. Melissa werd ongerust. Waar ging ze eigenlijk naartoe? Ze stond op en ging op zoek naar de noodrem. De trein begon ondertussen steeds harder te rijden. Het was bijna onmogelijk om nog te blijven staan. Melissa werd bang. 'Help!' gilde ze. 'Haal me eruit!'

'Rustig maar, je hebt een nachtmerrie,' hoorde ze ineens een bromstem vlak bij haar oor. Verschrikt sloeg Melissa haar ogen op en keek recht in de ogen van een vreemde man. Wat moest die hier naast haar bed? Heel langzaam drong tot haar door dat het de conciërge was. Hij kwam haar eten brengen.

'Weet u ook hoe laat het is?' vroeg ze bedeesd.

'Het is halfnegen. De lessen zijn net begonnen.'

Wat erg, dan moet ik nog minstens acht uur wachten voordat ik hier weer weg mag, dacht Melissa moedeloos. Had ik maar nooit gespijbeld, dan had ik nu lekker naast Lieve in de klas gezeten en ging ik vanmiddag repeteren voor *Grease*…

Nadat ze een tijdje voor zich uit had zitten staren, stond ze plotseling op. Laat ik die extra zangoefeningen van Nancy maar eens gaan doen, dacht ze. Dan gaat de tijd misschien wat sneller.

In het begin lukte het totaal niet, maar omdat Melissa toch niets beters te doen had, ging ze ermee door. Tot haar stomme verbazing zong ze steeds beter…

42

Om precies één minuut over vijf die middag stapte Melissa met gebogen hoofd en knikkende knieën over de drempel van de kamer van de directrice. Ze was stikzenuwachtig. Over een paar minuten was bekend of ze haar hoofdrol al dan niet moest inleveren. Welk lot stond haar later te wachten: dat van een gewoon achtergrondzangeresje of toch een superster…?

'Dag Melissa, ik ben een dagje overgekomen uit Nederland,' hoorde Melissa ineens een bekende stem in haar eigen taal zeggen.

Huh? Maar dat is papa, dacht Melissa verbaasd. Hoe kan dat nou? Ik ben toch in Londen?

Ze keek op. Ja, het was toch echt haar vader die daar op drie meter afstand van haar opstond van zijn stoel. 'Ben je hier speciaal voor mij gekomen?' vroeg ze met trillende stem.

'Jazeker! Gisteravond belde de directrice me op om te

vertellen dat je was geschorst, en daar schrok ik heel erg van. Ik ben meteen internet op gegaan om een retourtje Londen te kopen. Ik wilde een goed woordje voor je doen en je ook eens flink toespreken.'

'Wat ontzettend lief van je!' riep Melissa uit. Ze vergat even dat de directrice achter haar stond en vloog haar vader om de hals. Meteen daarna begon ze met gierende uithalen te huilen. Het was net alsof al haar verdriet over wat er de afgelopen weken allemaal aan vervelends was gebeurd er in één keer uit kwam.

'Je vader heeft me verteld dat je het er heel moeilijk mee hebt dat hij sinds kort een vriendin heeft,' zei de directrice tegen Melissa toen ze weer een beetje rustig was. 'Voor je gevoel laat hij jou in de steek, ook al omdat je geen moeder meer hebt.'

'Klopt,' antwoordde Melissa met een bibberstem. 'Hij vertelde het in de herfstvakantie en toen had ik ineens helemaal geen zin meer om te oefenen voor *Grease*. Elke keer als ik wilde beginnen, lukte het gewoon niet. Ik maakte aldoor fouten en dat vond ik heel vervelend. Daarom vond ik de repetities niet meer leuk en wilde ik er niet meer naartoe. Alles deed pijn als ik zong…'

'Ik snap heel goed dat het niet gemakkelijk is als je geen moeder meer hebt en je vader komt je op een dag ineens vertellen dat hij een vriendin heeft,' zei de directrice. 'Hadden we het hier op de MDA maar eerder geweten, dan hadden we er meteen met je over gepraat en had je waarschijnlijk nooit gespijbeld. Maar goed, ik wil je graag een tweede kans geven. Je mag opnieuw laten zien dat jij van alle MDA'ers de meest geschikte persoon bent om Sandy te spelen in onze eindejaarsmusical. Daarbij maakt het echt niet uit of je nog een paar keer in de fout gaat tijdens de repetities. Je mag alleen niet meer spijbelen.'

Het duurde minstens een halve minuut voordat helemaal tot Melissa was doorgedrongen wat er zojuist tegen haar was gezegd. Ze voelde zich een enorme geluksvogel met zo'n reddende engel als haar vader, die helemaal uit Nederland was overgevlogen om haar te helpen. Ineens kwamen de beelden weer boven van die keer dat ze op weg naar school door een rood stoplicht fietste en plotseling door een onbekende man opzij werd getrokken. De optrekkende auto's misten haar op een haar na. De opluchting die ze toen voelde, was precies dezelfde als nu.

Met tranen in haar ogen keek ze de directrice aan. 'Heel erg bedankt dat ik het nog een keer mag proberen,' zei ze. 'Ik beloof dat ik er echt helemaal voor zal gaan.'

'Fijn om te horen,' antwoordde de directrice. 'Denk vooral ook niet dat het Nancy was gelukt om zonder hard werken zo ver te komen.' Ze schoof haar stoel naar achteren en stond op. 'Dan mag je nu nog even iets leuks met je vader gaan doen, voordat hij terugvliegt naar Nederland,' zei ze toen. 'Daarna verwacht ik je zo rond een uur of zeven weer in de studiezaal om huiswerk te maken. Veel plezier voor zo meteen!'

'Jeetje, pap, ik ben echt hartstikke blij dat ik mijn hoofdrol mag houden. Ontzettend bedankt dat je me hebt geholpen!' zei Melissa tegen haar vader toen ze even later samen in een restaurantje om de hoek een hapje zaten te eten.

'Tja, ik zag je toekomst als musicalzangeres ineens in rook opgaan, en dat vond ik echt heel jammer. Het zou zonde zijn voor een meisje als jij, met benen van elastiek en een stem die klinkt als een klok. Maarre… denk je dat je vanaf nu geen fouten meer zult maken? Ik verbreek mijn contact met Carmen beslist niet... Zolang je dat niet accepteert, kun je je waarschijnlijk nooit helemaal goed op het zingen concentreren en dan raak je je hoofdrol misschien alsnog kwijt.'

Melissa voelde dat ze toch weer boos begon te worden op haar vader. 'Je moet Carmen wél dumpen,' antwoordde ze. 'Dan komt alles weer goed.'

Haar vader schudde zijn hoofd en keek zijn dochter een tijdlang ernstig aan. 'Zo werkt dat niet, lieverd,' zei hij toen. 'Dat heb ik in de herfstvakantie ook al tegen je gezegd. Ik ben nu drie jaar weduwnaar. Het is heel normaal dat ik nu een vriendin heb, en dat zul jij moeten accepteren, of je het nou leuk vindt of niet. Ik heb recht op een eigen leven naast dat met jou, net als alle andere mensen.'

'O ja?' reageerde Melissa verongelijkt. 'Ik vind het anders helemaal niet leuk dat je steeds met haar zit te bellen als ik er ben. En in de kerstvakantie moet zij ook weer mee naar Rome. Dat pik ik gewoon niet!'

Melissa's vader staarde een poos nadenkend voor zich uit.

'Misschien moet ik mijn tijd voorlopig tussen jou en Carmen verdelen als jij in Nederland bent,' zei hij toen. 'Dan kun je langzaam aan de nieuwe situatie wennen.'

'Dat doe je toch niet.'

'Waarom niet? Ik vind het echt heel erg dat we telkens zo'n ruzie hebben en ik heb er echt wel iets voor over om dat in de toekomst te voorkomen.'

Melissa's vader keek op zijn horloge. 'Tjonge, het is al weer halfzeven,' zei hij. 'Ik ga een taxi bestellen.'

43

Nadat Melissa de taxi met haar vader erin had uitgezwaaid, bleef ze nog even op de stoep staan om een sms'je
naar David te sturen:

> HOI, SORRY VOOR ALLES! WAS HELE DAG GESCHORST. HEB
> JE BRIEF GEVONDEN MAAR KON NIET NAAR JE TOE. NA
> HUISWERK MAKEN EVEN SAMEN OPLOPEN? M.

Hé Melissa, gefeliciteerd!' hoorde ze ineens achter haar
roepen. Verbaasd draaide Melissa zich om. In de deuropening van de MDA stonden Lieve, Samantha, Kevin en John
haar lachend op te wachten.

'Maar… weten jullie dan al dat ik mijn hoofdrol mag
houden?' vroeg ze.

Ze knikten alle vier.

'Toen jij vanmiddag bij de directrice zat, moest onze hele

klas bij mevrouw Davenport komen en toen vertelde ze het,' zei Lieve.

'Wat vond Marie-Claire ervan?'

'Ze begon meteen stennis te schoppen.'

'Belachelijk! En toen?'

'Davenport kapte haar meteen af. Ze mag geen gemene opmerkingen meer maken als jij een fout maakt, en ze mag ook niet meer overal rondvertellen dat ze vindt dat zijzelf eigenlijk de hoofdrol van Sandy had moeten krijgen.'

'Super!'

'We moeten naar de studiezaal, mensen!' zei John ineens. 'We hebben nog precies één minuutje!'

Om klokslag zeven uur stapten ze de studiezaal binnen. Het was er druk. Pas na een hele tijd zoeken vond Melissa een lege plek. Terwijl ze haar boeken uit haar tas pakte, zag ze tot haar verrassing dat David maar een paar plaatsen van haar af zat. Hij keek niet op of om. Zou hij haar sms'je al hebben gelezen? Als dat zo was, wilde hij waarschijnlijk niets meer met haar te maken hebben, anders had hij vast wel een of ander seintje gegeven dat hij haar had gezien.

De uren kropen voorbij. Melissa moest echt haar uiterste best doen om zich te concentreren op haar huiswerk. Toen de bel om negen uur dan eindelijk ging, pakte ze zo snel ze kon haar tas in en stapte regelrecht op David af, die nog steeds over zijn boeken gebogen zat. Zachtjes klopte ze hem op zijn schouder. 'Heb je mijn sms'je gehad?' vroeg ze bedeesd. 'Ik heb het om een uur of zeven verstuurd.'

'Nee,' klonk het kort maar krachtig.

Hij is echt heel boos op mij, dacht Melissa. Ze besloot een nieuwe poging te wagen. 'Ik kon gisteravond na het huiswerk maken niet met je praten, omdat ik tot vanmiddag vijf uur was geschorst.'

'Daar ben ik inmiddels ook achter gekomen. Ik begrijp echt niet wat er met jou aan de hand is. Het is net alsof je door niemand meer aardig gevonden wilt worden.'

'Het klopt dat ik heel stom heb gedaan, ook tegen jou. Loop je nog even een eindje met me op? Dan kan ik uitleggen hoe het allemaal is gekomen.'

David aarzelde voordat hij antwoord gaf. 'Oké dan,' zei hij toen. 'Laten we maar meteen gaan, want zoveel tijd hebben we niet meer.'

Pas tegen halftien had Melissa David alles verteld over haar vader en Carmen, en over de fouten die ze daarna tijdens de masterclass en de repetities voor *Grease* was gaan maken. 'Het was net alsof ik almaar slechter ging zingen,' sloot ze haar verhaal af, 'en toen ik jou een paar dagen geleden met Marie-Claire zag staan praten en je je hand op haar arm legde, wilde ik gewoon weg. Toen begon het spijbelen...'

'Echt waar?' vroeg David verbaasd. 'Maar er is nooit iets geweest tussen mij en Marie-Claire! Ik sprak haar toen alleen maar aan, omdat ik tegen haar wilde zeggen dat ze niet vervelend tegen je mocht doen als je een fout zou maken tijdens de repetities. En die hand op haar arm… tja, dat doe ik wel eens vaker als ik dingen probeer duidelijk te maken.'

Toen David was uitgesproken, wilde Melissa het liefst haar armen om hem heen slaan en even heel dicht tegen hem aan staan, zo blij was ze dat David en zij weer gewoon tegen elkaar deden. Maar omdat ze dat niet durfde, praatte ze in plaats daarvan maar gewoon door. 'Dat weet ik,' zei ze. 'Je schreef het in je brief.'

David staarde haar een tijdje nadenkend aan. 'Maar hoe gaat het nu verder met jou?' vroeg hij toen. 'Iedereen heeft het erover dat je je hoofdrol kwijt bent en dat Marie-Claire nu de nieuwe Sandy is.'

'Gelukkig niet! Mijn vader is vandaag speciaal overgekomen uit Nederland om een goed woordje voor me te doen bij de directrice, en dat is gelukt. Ik krijg een tweede kans!'

'Wow, wat goed! Maarre… die krijg je ook van mij, hoor!'

Voordat Melissa er goed en wel erg in had, boog David zich naar voren en kuste haar op haar mond…

Even later zweefde Melissa op een grote roze wolk haar kamer binnen.

Met een strak gezicht stond Lieve haar op te wachten. Melissa belandde meteen weer met haar beide benen op de grond.

'Is er iets ergs gebeurd?' vroeg ze bezorgd aan haar kamergenootje. 'Je kijkt zo serieus.'

'Ik maakte me heel ongerust over je, omdat je zo lang wegbleef. Ik was bang dat je er weer vandoor was.'

'Nee, dat doe ik nooit weer!' zei Melissa, opgelucht dat dat de reden was. 'Je raadt nooit waarom ik zo laat ben... Ik heb net met David staan zoenen!!!'

'Wow, eindelijk!' riep Lieve uit. 'Dus nu hebben jullie echt verkering!'

'Denk je? Hij heeft me niet gevraagd...'

'Tuurlijk! Als je met elkaar zoent, is het aan. Anders doe je dat niet.'

'Nou, oké dan! Hoe is het trouwens met Kevin? Hij is vast heel boos op me omdat ik hem gebruikt heb als spijbelmaatje.'

'Eerst wel, maar na het verhaal van mevrouw Davenport niet meer. Ik heb hem trouwens bij het avondeten wel verteld dat je verliefd bent op David en dus niet op hem. Ik vond dat hij dat nou eindelijk wel eens mocht weten.'

'O... Hoe reageerde hij?'

'Tja, teleurgesteld natuurlijk. Maar na een tijdje zei hij dat hij het eigenlijk al die tijd al wel wist. Hij wilde het alleen niet zien, omdat hij zo verliefd was.'

'En nu?'

'Hij wil graag dat jullie gewoon vrienden blijven.'

'Gelukkig! Dat wil ik ook.' Melissa voelde zich helemaal

opgelucht. Haar nieuwe vriendenclub zou niet uit elkaar vallen. Met grote, dankbare ogen keek ze haar vriendin aan. 'Hartstikke bedankt dat je met Kevin hebt gepraat,' zei ze. 'Ik had het eigenlijk zelf moeten doen, maar daar was ik te laf voor. Je bent een echte vriendin!'

'Dank je,' antwoordde Lieve verlegen. 'Maarre... zullen we nu gaan tandenpoetsen? De bel is allang gegaan!'

'Doen we!'

44

Toen Melissa weer terug was op haar kamer trok ze snel haar nachthemd aan, pakte haar telefoon en haar laptop, en installeerde zich vervolgens in bed. Op de wekker naast haar zag ze dat het al tegen tienen liep. Hopelijk was er vanavond geen controle op wie zijn licht nog aan had. Hé, een mailtje van papa:

Van: C.van.Moorsel@xs4all.com

Aan: Melissa4ever@hotmail.com

Onderwerp: Wij!

Hallo lieve Melissa, ik ben al weer een halfuurtje thuis! De reis verliep vlot. Toch heb ik genoeg kunnen nadenken over ons gesprek van vanavond. Ik begrijp nu veel beter hoe het voor jou voelt om mij ineens met iemand anders te moeten delen. Achteraf besef ik dat ik een beetje te hard van stapel ben gelopen met Carmen. Ik wilde dat ze meteen in ons leven zou meedraaien, en dat was niet goed! Ik beloof je dat ik in de toekomst zal proberen om mijn tijd voor jou en haar beter te verdelen. Dat betekent dat Carmen er niet altijd bij zal zijn als wij een weekend samen zijn in ons nieuwe huis en dat geldt ook voor de vakanties. Ik heb het er al even met haar over gehad en ze staat er helemaal achter als we het zo gaan doen.

Wat ons kerstreisje naar Rome betreft: daar wil ik graag toch met jou en Carmen samen naartoe. Ik vind het sneu om nu tegen haar te zeggen dat ze dan maar thuis moet blijven. Maar de krokusvakantie is helemaal voor jou! Wat zou je ervan vinden als we dan samen een weekje op wintersport gingen? Het is al weer drie jaar geleden dat we voor het laatst hebben geskied.

Nou, ik hoop echt dat je het ermee eens bent dat we verdergaan op de manier die ik zojuist heb beschreven. Slaap lekker zo meteen en heel veel succes op school en met je hoofdrol!

Veel liefs, papa

Toen Melissa het mailtje uit had, had ze tranen in haar ogen. Fijn dat ik papa af en toe lekker helemaal voor me-zelf heb, dacht ze. Nu vind ik het ineens een stuk minder erg als Carmen er soms ook bij is. En echt superleuk dat we met zijn tweetjes op wintersport gaan. Lekker de hele dag skiën, 's avonds kaasfonduen of racletten, daarna lekker lezen of bordspelletjes doen en dan heerlijk slapen…

Melissa's ogen vielen bijna dicht bij de gedachte aan dat laatste. Zou ze haar vader nog terugmailen? Morgen maar. De vriendinnenclub in Nederland zat waarschijnlijk ook nog op nieuws te wachten. Ze waren vast ongerust geworden nadat Melissa hun gisteren tijdens het pakken van haar tas stiekem had ge-sms't dat ze vierentwintig uur werd geschorst en haar hoofdrol misschien kwijt zou raken.

Kelly ☺ I'm hot, you're not! zegt:
Hé, daar ben je weer! Wat was er nou met je?
Doris ☺ Ik ben een shopaholic! zegt:
Waarom was je geschorst??
Melissa <3 Londen zegt:
Ik had twee keer achter elkaar gespijbeld. Ik zag de repetities voor *Grease* niet meer zitten omdat het zingen niet meer ging. ☹☹
Kelly ☺ I'm hot, you're not! zegt:
Ja, daar had je het laatst nog over. Maar hoe gaat het nu dan? Heb je je hoofdrol nog wel?
Melissa <3 Londen zegt:
Ja, gelukkig wel!! ☺☺☺☺ Mijn vader is vandaag naar de MDA gekomen om me te redden.
Doris ☺ Ik ben een shopaholic! zegt:
Super!! Maar wat heeft hij dan gedaan??

Melissa <3 Londen zegt:

Hij heeft aan de directrice uitgelegd hoe het kwam dat ik steeds fouten maakte.

Laura ☺ Love me baby zegt:

Hopelijk heeft zij dan tegen hem gezegd dat hij moet stoppen met zijn vriendin!! Daar komt het toch eigenlijk door?

Melissa <3 Londen zegt:

Ja, maar ook wel een beetje door mezelf. Mijn vader heeft me trouwens beloofd dat hij voortaan ook dingen met mij gaat doen zonder Carmen erbij.

Kelly ☺ I'm hot, you're not! zegt:

Hij dumpt haar dus niet…

Melissa <3 Londen zegt:

Nee, maar dat hoeft nu ook niet meer voor mij.

Laura ☺ Love me baby zegt:

Geloof je hem?

Melissa <3 Londen zegt:

Ja, hij heeft me net gemaild dat we in de krokusvakantie samen op wintersport gaan!!

Doris ☺ Ik ben een shopaholic! zegt:

Wow, vet gaaf!

Melissa <3 Londen zegt:

Vind ik ook. Ik ben heel blij dat we geen ruzie meer hebben.

Doris ☺ Ik ben een shopaholic! zegt:

Snap ik! Moeten wij eigenlijk ook niet meer doen in de vriendinnenclub!!

Melissa <3 Londen zegt:

Friends forever!!! ☺☺

Kelly ☺ I'm hot, you're not! zegt:

Jullie zijn wel weer heel braaf, zeg! Maar oké… ☺☺☺

Laura ☺ Love me baby zegt:

Melis, we gaan voor je duimen dat je het heel goed gaat doen als Sandy.

Kelly ☺ I'm hot, you're not! zegt:

Ja, we willen wel dat je beroemd wordt!! Dan zijn wij het ook een beetje!

Melissa <3 Londen zegt:

Thanx, girls! Ik ga ervoor!

Help, de conciërge loopt te controleren. Morgen weer op MSN, oké? Doei! xxx

Laura ☺ Love me baby zegt:

Slaap lekker!

Doris ☺ Ik ben een shopaholic! zegt:

xxxx

Kelly ☺ I'm hot, you're not! zegt:

Grrrrrr!

Epiloog

Het was acht weken later. Alle zangers, dansers en koorleden die aan *Grease* meededen, stonden in de coulissen van het West End-theater klaar om over vijf minuten het podium op te lopen en gezamenlijk het openingslied uit te voeren. 'Kijk, daar op de tweede rij links zitten mijn vader en zijn vriendin,' fluisterde Melissa tegen David, die naast haar stond. Door een kier in de gordijnen konden ze hen net zien zitten. 'Ik stel je straks wel even aan ze voor. Ben jij trouwens zenuwachtig?'

'Een beetje wel. Dat heb ik altijd vlak voor een optreden. En jij?'

'Ja, hetzelfde. Gelukkig ging de generale repetitie helemaal goed, zonder fouten. En ik vind het heel fijn dat mijn familie er is.'

'Dat heb ik ook. Spannend trouwens dat er allemaal pers in de zaal zit. Wie weet zijn we straks wel beroemd in heel Engeland!'

Melissa deed haar mond open om te reageren, maar op hetzelfde moment zette het orkest in en gaf meneer Huckleberry het sein dat ze moesten opkomen. Vanaf dat moment ging Melissa helemaal op in haar rol als Sandy. Toen Danny haar in het begin van het verhaal afwees, omdat hij stoer wilde overkomen op zijn vrienden, voelde ze zich écht heel verdrietig, en toen hij aan het eind met een ander meisje de sterren van de hemel danste tijdens een danswedstrijd, was ze ook écht stikjaloers. Daardoor gaf ze het publiek het gevoel dat ze niet in een Londens theater naar een musical zaten te kijken, maar dat ze in de jaren zestig ergens in Amerika rondliepen op een middelbare school. Pas bij de laatste coupletten van 'You're the One that I Want' voelde Melissa zich weer langzaam zichzelf worden, maar haar verliefde blikken naar Danny bleven echt, en dat was wederzijds!

Toen het liedje uit was, stond het publiek als één man op en begon enthousiast te klappen. Nadat de spelers, de dansers en het orkest het applaus met zijn allen in ontvangst hadden genomen, verlieten ze het podium. Vervolgens kwamen de hoofdrolspelers een voor een het podium weer op om te buigen voor het publiek. Toen het Melissa's beurt was om in de spotlights te staan, barstte de zaal bijna uit zijn voegen. Er werd keihard geklapt en gestampt en overal werd 'bravo!' geroepen, net als bij een opera. Helemaal beduusd raapte Melissa de tientallen rozen en boeketjes bloemen op die haar van alle kanten werden toegeworpen.

Pas nadat er drie toegiften waren geweest, liep de zaal langzaam maar zeker leeg. Melissa wierp nog een laatste kushandje naar het publiek en liep toen hand in hand met David het podium af. Eenmaal achter de coulissen waren ze elkaar meteen kwijt. Van alle kanten werden ze bestormd door vrienden en vriendinnen die ook aan *Grease* hadden meegedaan. Lieve, Kevin, John, Samantha, Cindy: allemaal vlogen ze Melissa om de hals en riepen om het hardst dat ze het super had gedaan. Melissa werd er helemaal verlegen van. 'Zonder die goede begeleiding van jullie in het koor en het orkest was het me echt niet gelukt, hoor!' zei ze. 'Hartstikke bedankt!'

Toen de eerste drukte voorbij was, kwam Nancy Lafontaine naar Melissa toe om haar te feliciteren. 'Je bent een ster, Melissa!' zei ze. 'Het ging echt heel goed, het was net alsof je echt Sandy was. Ik ben trots op je. Wie weet schop je het later wel net zo ver als ik! Ik begreep van de directrice dat we heel veel dezelfde dingen hebben meegemaakt.'

Terwijl ze nog even verder praatten over de voorstelling, kwam er ineens een man op hen af lopen, die Nancy goed bleek te kennen. 'Hé, Ralph! Leuk je te zien, hoe gaat het?' begroette ze hem enthousiast. Daarna wendde ze zich tot Melissa. 'Ralph regisseert musicals,' zei ze. 'Hij heeft heel lang in New York gewerkt, en nu zit hij een tijdje in Londen. Hij vond het leuk om eens een avondje naar nieuwe talenten te komen kijken.' Vervolgens stelde ze Melissa aan hem voor.

'Leuk je te ontmoeten,' zei Ralph tegen Melissa. 'Je hebt het hartstikke goed gedaan vanavond, echt een natuurtalent! Heb je zin om binnenkort een klein rolletje te spelen in een nieuwe musical over het leven van Madonna, hier in het West End-theater?'

Melissa's wangen kleurden helemaal rood. 'Graag!' piepte ze.

'Wat zei ik je?' riep Nancy lachend uit, terwijl ze Melissa op haar schouder klopte.

Nadat Ralph zijn kaartje aan Melissa had gegeven, werd ze weggeroepen voor een fotosessie met alle deelnemers van *Grease*. Toen ze het zaaltje in liep waar een stuk of tien fotografen zich hadden opgesteld, stond ze plotseling oog in oog met Marie-Claire.

'Gefeliciteerd met je succes,' zei Marie-Claire tot Melissa's stomme verbazing. 'Je hebt het echt hartstikke goed gedaan.'

Hoe was het mogelijk dat ze dat zei? Nadat Melissa was geschorst en te horen had gekregen dat ze haar hoofdrol toch mocht houden, had Marie-Claire haar de hele tijd ontlopen.

'Lief dat je dat zegt,' stamelde Melissa terug, 'en ook hartstikke knap. Al die maanden heb je keihard gewerkt als understudy en nu stond je de hele avond alleen maar in de coulissen.' Met een glimlach op haar gezicht haalde Marie-Claire haar schouders op. 'Dat geeft niet,' zei ze toen. 'Mijn kansen komen nog wel. Anders was ik ook niet als understudy voor Sandy gekozen.'

'Volgens mij heb je daar helemaal gelijk in,' zei Melissa, blij dat ze vanaf nu misschien eindelijk normaal met elkaar om konden gaan.

Vanuit haar ooghoeken zag ze David plotseling naar haar wenken. De eerste foto's werden al gemaakt. 'Kom, we moeten ons gaan opstellen,' zei ze tegen Marie-Claire. 'Anders missen we de voorpagina's nog, en dat is nou juist niet de bedoeling!'

Pas na drie kwartier was de fotosessie achter de rug en kon Melissa zich eindelijk door haar vader en Carmen laten feliciteren. Toen haar vader zijn armen om Melissa heen sloeg en helemaal ontroerd vertelde hoezeer hij die avond van zijn dochter had genoten, barstte ze in snikken uit.

'Hé gekkie, waarom huil je nu?' vroeg haar vader verbaasd. 'Je was echt geweldig, hoor!'

'Weet ik. Het komt doordat ik zo blij ben dat jullie er vanavond allebei voor mij waren. Toen ik jullie in het begin van de avond in de zaal zag zitten, voelde het net alsof ik weer een gezin had, alleen een beetje anders dan toen mama er nog was.'

'Fijn om te horen,' antwoordde Melissa's vader. 'Onze Rome-reis begint morgen pas, maar wat mij betreft is hij nu al geslaagd!'

Lees nu ook

Ik word een ster!

978 90 488 0115 2

Doris' droom om beroemd te worden lijkt werkelijkheid te worden als ze zich aanmeldt voor *Swingteens*, een talentenjacht op televisie voor kinderen van tien tot vijftien jaar. Wie wint wordt een ster, dat hebben ze beloofd! Maakt Doris een kans tegen de andere kandidaten, zoals haar klasgenootje Melissa of Rutger 'Eminem' de uitslover? Of wint haar beste vriendin Laura, die alles altijd net iets beter kan?